Canon 11

我不愛凱撒

王健壯◎著

【目次】

輯二　政客心中的小凱撒

輯三　古典的西方新聞自由傳統

〔新版自序〕

好像你不曾離開過

時間可不可怕？那要看你是用什麼身分去問這個問題。

就以我自己爲例吧。如果我用個人的身分，一個早已年過半百的老翁身分，我當然會告訴你，時間不但可怕，而且是太可怕了。鏡子裡的我，以及我從年輕時就愛的、熟悉的那些人，怎麼一個個都被時間摧殘得那麼老、那麼病？幾個月前才把酒言歡的那個人，怎麼會突然變成訃聞裡的一個名字？

當朋友說我不改少年豪情本色，這把年紀還敢去接報紙總編輯時，你知道我在內心裡是怎樣自我解嘲的嗎？「也許在我衰老的軀殼裡還躲著一個彼得潘的靈魂吧。」聽了這句內心獨白，如果你還不覺得時間可怕，我祇能羨慕你，因爲你還年輕。

但換一個身分，換成是一個有三十年經驗的老記者身分，我卻會告訴你，時間不可怕，而且一點也不可怕。爲什麼？因爲有許多人許多事，不管時間過得再久，這些人這些事就是不曾有絲毫的改變，就像白先勇說的，歲月不曾在他們身上留下任何痕跡。

《我不愛凱撒》這本書初印是在二〇〇一年底，但如果你從頭到尾讀一遍，你會發現我當時的描述、觀察、分析、判斷甚至預言，除了年份不一樣外，幾乎所有人所有事都不曾因時間而有所不同。

辜振甫與汪道涵已經相繼過世，這是時間唯一改變的事，但兩岸關係依然沒變，問題癥結也依然如故。陳水扁已經快當完了兩任總統，但他至今仍然像我當年寫他的那樣：仍然不知「統治就是選擇」，仍然祇會做「嘴巴的改革者」，仍然是「膽子太大但腦子太小」，仍然常常搬「政治的石頭砸專業的腳」，仍然在不斷的「扭轉」，仍然不願面對少數執政的「原罪」，仍然常當「雙面亞當」，仍然「窩在家裡睡大覺」。我唯一判斷錯誤的是，當時我以爲「政府領導人不可能這麼笨」，但結果卻正好相反。

當然，現在的李登輝跟書裡面的李登輝，更是一模一樣。他仍然在做他的「第三任總統」，仍然想當陳水扁的「baby sitter」，仍然像「喀爾文」，仍然像老羅斯福那隻「老公麋」，仍然像柴契爾夫人那個「英國老太太」，仍然不願學習他的偶像「桑果」，仍然「不走」，仍然「叫我如何懷念你？」

這幾年台灣政客就像在演一齣沒有結局的連續劇，你出國幾周、幾個月甚至幾年，回來打開電視一看：怎麼還是那些人？怎麼還沒打完、罵完、鬧完？好像你從來不曾離開過一樣。

雖然會造成一些閱讀上的障礙，但爲了存眞，爲了存證，也爲了證明時間並不可怕，《我不愛凱撒》初版中的許多年份、時態，我盡量不作更動。

當然，初版中我寫過的一句話也未隨時間而改變，那就是我的自序標題：「字裡行間的嘆息聲」，在新版序中仍然是餘音未斷。

二〇〇六年元月五日

〔自序〕字裡行間的嘆息聲

父親過世已經五年多，這幾年凡是跟他相關的一切事物，我都有意無意的盡量不去碰觸，害怕自己觸景生情。但有一天，在吃「鼎泰豐」買回來的素餃時，沒想到才咬了一口，眼淚突然就奪眶而出，久久不能自已。

父親過世前幾年，因爲高血壓必須忌口，很多東西不能吃，但即使再美味的東西，他也是淺嚐即止，沒什麼胃口。唯獨「鼎泰豐」的素餃，他特別愛吃；我偶爾買回家蒸給他吃，他每次都吃得一粒不剩。但問他「好吃嗎？」他的回答總是「還好」，不多不少兩個字。

父親的個性木訥，不善言詞，他對愛吃的素餃，雖然祇有「還好」兩個字的評語，但我知道他內心想的其實並不祇如此；就像他偶爾讀完我寫的文章，我問他「寫得怎樣？」他的回答也總是「還好」，不多不少兩個字。

但隨著父親的健康每下愈況，他不但很少看報紙和電視，連我寫的文章也幾乎不看了。我以爲他是因爲體力差、精神不好，但有次問他怎麼不看，他說「你寫一篇就得罪一個人，還是不看。」他替我擔心、緊張，所以乾脆眼不見爲淨。

父親的擔心當然有他的道理。我剛當記者那幾年，在報紙上寫的文章，幾乎都是曲筆成文，遣辭用字迂迴婉轉，義理人情意在言外。但後來寫文章，卻愈來愈「白話文」，沒包袱，也沒禁忌，曲筆變成了直筆，一路寫下去連個黃燈都碰不到，並且常常像胡適所說的「動了正誼的火氣」，字裡行間總是會帶著一點點火燄，想不得罪人也難。而且權力愈大、官位愈高的人，我得罪的次數也愈多，得罪的程度也愈兇。這就是父親擔心的所在。

我雖然常勸他別擔心，但我始終沒告訴他：天下沒有不得罪人的記者。這是記者的角色本質，也是這一行的宿命。

記者當了二十多年，現在的我不但早已是一個老記者，而且還是一個「回也不改其志」的老式風格的記者。然而我對新聞理念的一些粗淺認識，其實都來自「崇洋媚外」的結果，完全學自古典的西方新聞自由傳統。

我相信記者與新聞對象是聖喬治與惡龍的關係；我相信記者是永遠的反對派；我相信天底下沒有不濫權、不說謊的政客；我相信每個政客心中都有一個小凱撒。

我雖然不崇拜偶像，但敢挑戰麥卡錫白色恐怖的CBS主播 Ed Murrow；把廚房當成編輯部的一人記者 I.F. Stone；揭發水門醜聞讓尼克森下台的 Bob Woodward 與 Carl Bernstein；驚爆美軍在越南美萊村大屠殺眞相的 Seymour Hersh，卻都是我多年來「雖不能至，但心嚮往之」的心儀人物。

尤其是 Ed Murrow 與 I.F. Stone，更是我學習的兩個樣板。

一九五〇年代初期，美國最有權力的人並不是艾森豪總統，而是一位來自威斯康辛州四十歲剛出頭的資淺參議員 Joseph McCarthy。

McCarthy 所發起的「反共十字軍」，雖然有一個很好聽的名字叫「麥卡錫主義」（McCarthyism），但事實上它是美國歷史上最可怕的一次白色恐怖大整肅。國務院的外交官、大學校園裡的教授、實驗室裡的科學家、好萊塢的演藝人員，不計其數的人都被捲入這場恐怖的政治風暴中。許多人更因爲麥卡錫的莫須有指控被弄得家破人亡。

但最不可思議的事是，當時所有的美國媒體竟然都變成了啞巴，袖手旁觀讓 McCarthy 大放厥詞，讓白色恐怖席捲全美。一直到三年後，CBS的 Ed Murrow 才終於開出了反麥卡錫的第一槍。

Murrow 是一位有經驗的老記者，他知道如果正面痛擊 McCarthy，後果一定很慘。所以他花了很長的時間，把 McCarthy 所有在公開場合講話的錄影帶，重新剪輯成一捲帶子，並且製作了一個特別節目。Murrow 讓全美民眾從這捲帶子中，看清楚 McCarthy 恐怖可怕的法西斯嘴臉；聽到他恐嚇威脅的語言語氣；看穿他矛盾百出的詭辯言論。Murrow 在影片中未加一句評語，他讓 McCarthy 痛擊他自己。

節目播出後，CBS的高層嚇得不知所措，深怕惹禍上身。但民眾的熱烈反應、艾森豪的呼應支持，卻讓反麥卡錫熱潮在一夜之間席捲全美。幾年來連屁都不敢放一聲的其他美國媒體，也紛紛跟在 Murrow 的後面，開始痛批 McCarthy 的暴行。參議院最後也作出難得一見的決議譴責 McCarthy；這位美國歷史上最有權力的參議員不久後就抑鬱而終。Ed Murrow 當然也成了新聞史上的一個傳奇，一個典範。

我從 Murrow 身上學到的東西是：記者必須要是一個自由主義者；記者必須要反「政治正確」；記者必須要不畏權勢；記者不但必須要做永遠的反對派，而且還必須要做孤獨的反對派；記者必須在關鍵的時刻挺身而出，絕不能袖手旁觀變成共犯；更重要的是，記者必須要懂得「屠龍的方法論」。

I.F. Stone 其實也是反麥卡錫的先鋒，但因爲他辦的《史東周刊》銷路有限，沒有像 Murrow 那樣引起全美的注意。

Stone 做過許多家報紙的記者，也一度主編過自由主義重鎮 *The Nation* 這本雜誌。但他從一九五二年我出生的那一年開始，卻棄大媒體出走，創辦了 *I.F.Stone Weekly*。這本周刊的編輯祇有一個半人，他自己跟半個他太太；銷路最高時也不過六、七萬份而已，但在新聞史上，Stone的「一人雜誌」，卻是「自由主義媒體」的最佳代表。

Stone有一句流傳甚廣的名言，「每一個政府都是由一群說謊的人在操控，他們說的話沒有一句可信。」而《史東周刊》事實上就是這句名言的一個最佳注解。

但Stone揭發政府與政客謊言的每一篇文章，並不是跑新聞跑出來的。他每天坐在家中大量閱讀政府公開的所有文件檔案，以及政客在媒體上的公開講話，然後再花很長的時間去做比對、查證的工作，最後尋找出每一個謊言之所在。Stone揭發詹森政府在「東京灣事件」（Tonkin Gulf Incident）中扯下瞞天大謊，採用的就是這套方法論。

一九六四年八月初，此時美國尚未大規模介入越戰，但詹森政府卻突然向國會以及全美民眾宣稱，美國有兩艘驅逐艦在北越附近的東京灣海域，遭受北越魚雷艇的攻擊，並且被迫回擊。

白宮因而要求國會賦予總統更大的戰爭權力，去保護美國子弟兵的生命安全。由於白宮言之鑿鑿，國會立即如斯響應，通過了美國歷史上非常有名的一項戰爭法案〈東京灣決議〉，授權總統採取一切必要的手段，去反擊任何對抗美國軍隊的攻擊行動。當時眾議院是以四一六票比〇票全數通過這項決議；參議院是以八十八票比兩票通過。

但又一件不可思議的事情發生了：當時美國所有媒體都一面倒的支持詹森總統，連一向標榜自由傳統的《紐約時報》與《華盛頓郵報》，也加入了啦啦隊的陣容，支持詹森轟炸北越的行動，卻從頭到尾沒有質疑「東京灣事件」的眞相到底如何，白宮發什麼稿，他們就登什麼新聞；總統說什麼，他們就相信什麼。

就因爲國會與媒體都放棄應有的角色權力，「東京灣事件」遂成了越戰的一個轉捩點，自此以後美國逐步的大規模介入越戰，並且陷入了戰爭的泥沼而不可自拔。

但在眾弦俱寂的時刻，唯獨 Stone 挺身而出。他告訴美國民眾，東京灣事件是一個根本不存在的事件，北越魚雷艇從來沒有攻擊過美國軍艦。詹森政府編造這個天大的謊言的目的，祇是要替大規模介入越戰找到一個藉口。

Stone 所以能揭穿政府的謊言，並不是像 Bob Woodward 靠的是「深喉嚨」，他根據蒐集而來的所有資料，分析研判後得到這樣的結論。他靠著這套獨特的方法論發掘出眞相，雖然聽起來有點匪夷所思，但事後證明 Stone 的發現完全正確。直到他在一九八九年八十二歲過世前，Stone 揭發政客謊言的工作無一日間斷。

我從 Stone 身上學到的東西是：永遠不要相信政客；永遠要質疑，愈有權力的人愈要去質疑；永遠要堅持「專業的孤獨」，即使到人生的最後一刻也不要放棄。

多年來，我從 Murrow 與 Stone 這些現在早已不在人世的老記者那裡，學到的就是這些老理念、老價值以及老方法。他們是我這麼多年跑新聞、辦雜誌、寫文章時，永遠擺在我書桌上的無形的鏡子。

我雖然是文藝少年出身，也曾一度主編過報紙副刊，但從當記者第一天開始，我跑的就是政治新聞，二十多年來始終沒離開過這個圈子。平常讀的書以政治居多，打交道的對象多半是政治人物，寫的文章又幾乎全是政治，雖然還沒到唯政治化的地步，但幾十年的生活竟然泛政治化到這種程度，坦白說確實是始料未及。

在政治圈打滾這麼多年後，我這個政治門外漢久而久之難免就變成了 Raymond Aron 所說的「入戲的觀眾」，不但知道在舞台上起起落落的那些政治人物，其實個個都長了一副凱撒的臉孔，都流著凱撒的血液，而且這些凱撒都帶著面具在演戲。

在政治學裡，「凱撒」指的並不祇是特定的歷史人物，也是權力的同義詞。天底下的政客都是凱撒，他們之間祇有大、小凱撒之分，以及隱性或顯性凱撒之別。而且凱撒就是凱撒，並沒有所謂的好凱撒或壞凱撒。

所以，我這個入戲的觀眾，事實上二十多年來看的一直都是莎士比亞筆下 *Julius Caesar* 這一齣戲碼而已。同樣的戲名，同樣的劇情，祇是演員不一樣，表演方式不一樣而已。但看戲看了那麼多年後，沒想到我的結論竟然是「我不愛凱撒」。

爲什麼我不愛凱撒？答案其實就在我寫的每篇文章裡面。

我是記者，記者是吹哨子的人，吹哨子的目的祇是告訴大家，「凱撒來了」，「誰是凱撒」，以及「凱撒有多可怕」，如此而已。

但就像吹哨子的方法人人不同一樣，寫文章的方法，每個人也不盡相同。

我寫的文章，坦白說卑之無甚高論，常常祇是舉一個外國例子，講一則歷史故事，或者引一段學術理論，東拉西扯，很少直指問題核心。

但我之所以這樣寫文章，理由其實很簡單：

其一，我平常閱讀的東西很雜，看到相關的例子、歷史或理論時，忍不住就想拿來跟現實對比一下。

其二，我是學歷史出身，看事情時習慣性的會去尋找這件事的歷史座標，了解它在時間縱座標上的位置，以及它在空間橫座標上的位置。

其三，目前言論市場最缺乏的並不是意見，有意見沒主張或有想法沒辦法的人，比比皆是，並不缺我一個人的意見，我不願意自己變成胡適所說的「廢話階級」。

胡適當年辦《獨立評論》時，有許多讀者向他反應說「讀《獨立評論》，總覺得不過癮。」但他的答覆卻是「我們不說時髦話，不唱時髦的調子」，「有許多所謂的『高調』都祇是獻媚於無知群眾的『低調』」，他形容所謂的「獨立精神」，就是「成見不能束縛，時髦不能引誘。」他絕沒想到這幾段話，隔了那麼久遠的時空，竟然會對我這個後生記者產生那麼大的影響。

我這一代的人，出生時雖然距離五四已遠，但在成長啓蒙初期，卻很少有人不受五四那一代人的影響，尤其是胡適的文章，影響更是大得難以形容；我到現在讀他的文章，不但仍然常有歷久而彌新的感覺，而且常常自愧一代不如一代。這幾年我每次寫文章心生挫折時，總是會回頭去重溫一下他寫的那些老文章，並且尋求一些啓發。

跟我們現在這一代寫文章的人相比，胡適對民主政治的理念，其實比我們更成熟；他們批判有權勢政治人物的勇氣，也比我們更有過之而無不及。他雖然自嘲像他們那樣的知識分子，祇不過是「亂世的飯桶」，但事實上，他們一以貫之的像傅斯年所說的「不畏權勢」的言論立場，起碼對那些有改變歷史力量的當權者，曾經發生過一些規範與警惕的作用。

然而，今昔相比，中外對照，卻不得不令人有些感慨。

胡適當年寫文章，經常一言而動天下；西方民主國家寫文章的人，通常也都被列入「高影響力人士」之一。但在台灣寫文章，卻常常是闌干拍遍無人問，落得「滿紙荒唐言，一把辛酸淚」的悽慘地步。記者的角色地位，更像坐溜滑梯一樣的一路下滑。

最簡單的一個例證是，台灣現在雖有新聞自由，卻並沒有新聞專業，也沒有新聞尊嚴。

現在的言論市場雖然看起來很熱鬧，但充其量也祇能算是一個超級的聲音競技場而己。大家比賽誰的嗓門大，誰大誰就贏。每個人都是祇問立場，不問是非，誰的立場鮮明，誰就有辦法能像胡適所說的「博義眾的喝采」。

而且，台灣的政治文化常常是，昨天才走了一個舊的政治正確，今天緊接著又來了另一個新的政治正確。任何政治正確的始作俑者固然都是當權的政治人物，但媒體卻常常是共同正犯。

胡適曾經寫過一篇〈自由主義是什麼〉的文章，其中有一段話是這樣的：「自由主義裡沒有自由，那就好像《長阪坡》裡沒有趙子龍，《空城計》裡沒有諸葛亮，總有點叫不順口罷。」同樣的，新聞自由裡，如果沒有祇問是非的新聞專業，沒有不選邊的新聞尊嚴，這種新聞自由，也總有點叫不順口罷！

這也是像我這樣的老記者，每次在眾聲喧譁的時刻，卻常常會有「甚至修伯特也有無言以對的時候」這樣的感嘆的主要原因。稍微敏感一點的人，從《我不愛凱撒》這本書的字裡行間，應該會偶爾聽到這樣的嘆息聲吧！

這本書獻給我的父親。雖然我現在連「還好」這兩個字的評語都再也聽不到了。

二〇〇一年十月

輯一

記者是永遠的反對派

我想問張學良兩個問題

二十多年前，有一位叫 Oriana Fallaci 的義大利女記者，她是當時許多西方記者的偶像。別的記者可能窮其一生連其中任何一位都採訪不到的那些歷史性人物，例如伊朗的何梅尼、利比亞的格達費、巴勒斯坦的阿拉法特、中國的鄧小平、以色列的梅爾夫人、印度的甘地夫人以及巴基斯坦的布托等人，她全都面對面的採訪過；而且還結集出版了一本被視爲新聞史上「訪問經典」的暢銷書《與歷史對話》（*Interview With History*）。

每個當記者的人，都希望自己是另一個 Fallaci，我當記者時當然也不例外。但全世界祇有一個 Fallaci，像我這樣的記者更是瞠乎其後，面對面採訪過的歷史名人屈指可數，跟她根本沒得比，遺憾也多得數不清。但沒採訪過阿拉法特雖然很遺憾，沒採訪過自己國家的歷史性名人張學良，才是最大的遺憾。

張學良是中國現代史上唯一一個發動兵變挾持國家領袖，而且又兵變成功的人。任何記者對像他這樣的人，如果沒有好奇之心，又沒有採訪之念的話，那也稱不上是記者了。但我多年來雖然幾次託過東北籍的大老幫忙，也去過他的山居附近以及他做禮拜的教堂守候，但始終無緣得見。我認識的張學良到現在仍然衹是文獻檔案裡的張學良。

但如果我有機會採訪張學良，我除了會問他西安事變的眞相之外，我最想問他的一個問題是：你恨不恨蔣介石讓你這樣過了後半生？

張學良的前半生與後半生，完全是兩個世界。他曾經是胡適筆下「兩世獨霸一方的軍閥」，也是讓當時的行政院長汪精衛憤而辭職的疆吏。權力之大，除蔣介石外，無人能比。

他發動的「西安事變」最後雖以他自己「束身待罪」收場，但沒有這場成功的兵變，就沒有後來的容共，也不會有兵變後七個月的對日抗戰。「西安事變」不但改寫了歷史，也改寫了他自己的一生；從此以後，他退出了歷史的舞台，也成了一個衹存在於大家記憶中的歷史人物。

但最令我好奇的是，在他幽居六十多年的前幾十年，也許他因爲被軟禁隔離，而有怨無人訴，有恨無處發；但這十幾年，他已經可以大鳴大放而無所顧忌，但何以他卻從來不曾公開的喊過冤、洩過恨、罵過人，或者要求搞平反、摘帽子？

胡適曾經形容「西安事變」時的張學良：「是一個因縱容而變壞的豎子，他的理解力從沒有成熟過，他已陷入夜郎自大的地步。」但「西安事變」後的張學良，在胡適的筆下已找不到蹤影，而且他又比張學良早死了幾十年，否則他會如何評價後半生的張學良？實在很令人好奇。

張學良當年跟蔣介石的路線之爭，爭的是大是大非，他們之間的恩怨也是大恩大怨。但現在的政治領導人，爭的是小是小非、小恩小怨。爭輸的人到處喊冤洩恨，爭贏的人也是一樣。每個人手裡都拿著一個小算盤，動不動就清算一下對方的老帳，這種小鼻子小眼睛的小家子作風，跟張學良簡直沒得比。

張學良的前半生，功過自有歷史定論；但他的後半生，因爲正好跟台灣近十幾年來的政局有所重疊，拿他來跟現在的政治人物對照相比，正可以看出政治領導人不同世代的差異與不同人格的差異。

他會怎樣看現在這些政治領導人之間的恩怨是非？這是另一個我想問張學良但已永遠得不到答案的問題。

昆德拉預言，韋伯預警

幾個朋友在一起聊政治，其中一位突然說「政治人物跟舞者一樣，都需要舞台」，有人問他「這句話好熟，誰說的？」朋友回答「昆德拉，《緩慢》裡面的話。」

米蘭．昆德拉在《緩慢》裡面，有這樣的幾段話：「今日所有的政界人士，都多多少少是個舞者，而所有的舞者也都捲入政治」，「舞者與普通政治人物所不同的，是他追求的並非權力而是榮耀」，「爲了佔據舞台，（舞者）必須把其他人擠下台去」，「他（舞者）向全世界挑戰：誰比他更能表現出道德情操（更勇敢、更正直、更樂於獻身，更眞實）？他利用所有機會使對手在道德層面處於低於他的地位。」

我幾年前看過《緩慢》，跟朋友聊天後回家把書找出來重溫一遍時，不禁啞然失笑：幾年前在巴黎寫這本書的昆德拉，寫得怎麼那麼像今天的台灣？尤其是台灣的那些政治領導人？

不信的話，我再引述他寫的兩段話：

「他（舞者）會不加掩飾地拒絕一切祕密協商（這向來是眞正政治遊戲的場地），並揭露其爲謊言的、不誠實的、虛假的、骯髒的。」這段話是不是好像在指責台灣的某一位在野黨領袖？

「他（舞者）將公開地提出他的主張，站在講壇上邊唱邊舞，指名召喚別人跟隨他的行動。」這段話難道不是在形容那一位八十歲了還在拚命的老人家？

在昆德拉的定義裡，榮耀是空罐頭，英國查理王子雖然擁有無限的榮耀，但卻沒有任何權力。有權力又有榮耀的人，是常常隱姓埋名出入小飯館與平民百姓聊天的十四世紀捷克國王瓦克拉夫。

然而，昆德拉其實衹講對了一半。今天的政治人物絕對不會有人把「權力與榮耀」一刀切成兩半，並且作出取此而捨彼的決定。況且權力與榮耀的關係，就像雞與蛋的關係一樣，雖然沒人知道誰因誰果，但兩者互爲因果，卻是不爭的事實。榮耀累積久了，可能長出權力的果實；權力掌握久了，也可能開出榮耀的花朵。

然而，「榮耀」卻很可能變成韋伯所說的「虛榮」，而虛榮正是政治家的致命傷。韋伯定義中的「虛榮」是指：「群眾鼓動者被迫考慮效果」，「領袖隨時都有可能變成演員」，「輕忽了對自己行動的後果的責任」，「衹關心自己留給別人什麼印象」。追求權力雖然是政治人物的本能，但很多人「追求的是權力的閃亮表象（指虛榮），而不是有作用的權力」，這是韋伯的憂心所在。

昆德拉的話好像預言了台灣現在的政治；而比他更老一輩的韋伯，卻似乎早在七、八十年前就對台灣目前的政局發出了預警。

任何關心台灣選舉的人，如果有耐心仔細聽完一場選舉造勢大會後，不妨再想想看那些站在台上的政治人物，尤其是那幾位朝野領導人，他們有哪些人像昆德拉筆下的人物？有哪些話被韋伯不幸言中？

也許這是一個有點無聊的遊戲，但碰到那麼多政客汲汲營營在追求自己的權力與榮耀，我們這些跟權力與榮耀一生無緣的小老百姓，無聊的遊戲一次又何妨？讓自己緩慢一下對政治的亢奮激情又何妨？

戰爭並沒讓國會變成啞巴

九一一大浩劫發生後第八天，一向支持共和黨的《華爾街日報》刊登了一篇社論，標題是「新的總統任期」，副題是「布希應該如何運用他政治資產的意外收穫」，內容則是建議布希總統利用他在浩劫後的超人氣聲望，重新擬訂他的國家議程。

《華爾街日報》這項建議的前提是，九一一之後，包括國會議員在內的全美民眾都團結在星條旗之下，小布希的民意支持度又創下九成以上的歷史新高，如果他不抓住這個千載難逢的機會，不利用九一一這個「意外收穫」去擴大他的政治資產，他將重蹈老布希的覆轍。

老布希在波灣戰爭期間，聲望雖然也很高，但因爲他要爭取民主黨控制的國會對他開戰的支持，所以不得不同意以支持民主黨加稅的決議作爲交換條件。但他對國會的妥協，卻被共和黨批評是「贏了戰爭，輸了內政」。

《華爾街日報》希望小布希記取老布希的教訓，在未來的戰爭期間，不要對國會妥協讓步。過去爭取不到的國防預算，重新去爭；過去擔心引起爭議的北極石油開採，放手去做；延宕了好幾個月的減稅方案，趕緊完成；甚至連提名任命保守派聯邦法官的工作，也不要有所顧忌，必須趁他人氣正旺的時刻，畢其功於一役。

爲什麼《華爾街日報》敢做這樣的建議？敢賭小布希一定會擴權成功？答案很簡單，因爲現在正值戰爭期間，國會不敢挑戰總統的權威，即使有國會議員甘冒不諱，廣大的民意也會反彈譴責。但事實卻證明，《華爾街日報》的判斷太過樂觀。

參眾議員對小布希的戰爭決策，雖然無條件支持，但白宮提出的刺激景氣包裹方案，國會有意見；聯邦政府該不該取回飛航安全的權力，兩黨議員有爭議；減稅方案到底該是暫時性或是長期性，兩黨也有歧見。戰時的國會並沒有變成無聲的國會，並未向白宮繳械投降。

簡單的說，戰爭的恐懼確實帶來了國家的團結，但白宮與國會之間的戰爭，共和與民主兩黨之間的戰爭，卻並沒有在國家團結的政治氣氛中偃旗息鼓，該鬥的照鬥，該爭的照爭，衹是鬥爭的語言變理性了一點，鬥爭的手段也變溫和了一點。知名專欄作家E.J.Dionne Jr.便形容，這不是「黨派之見」的終結，而是「新的黨派之見」的開始。

民主政治的基本遊戲規則是，在野黨如果不會玩反對遊戲，就不成其爲反對黨；執政黨如果不會玩結盟遊戲，也不成其爲執政黨。艾森豪因爲擅長結盟遊戲，他執政時眾議院雖然掌控在民主黨手中，但國會很少杯葛白宮。歐尼爾（Tip O'Neill）因爲相信「我必須充滿黨派之見」，所以他當議長時的眾議院，經常敢跟雷根玩硬碰硬的反對遊戲。

民主國家的領導人都討厭國會，都希望自己的政黨是國會多數黨，都不願意祇當「分裂政府」（行政與立法分屬兩黨）的總統，都想當「完全政府」的領導人。但歷史卻證明，能控制國會的總統，並不一定就有政績；失去國會控制權的總統，也不一定就一事無成，尼克森、雷根、杜魯門、艾森豪甚至柯林頓，都是具體例證。可見總統或執政黨能不能做事，能不能有政績，國會祇是相對因素，並不是絕對因素。

台灣的在野黨不會玩反對遊戲，執政黨也不會玩結盟遊戲，朝野最會玩的是諉過遊戲，這是政局不安的主因。但若有人以九一一之後的美國爲例，以國家團結爲名，來做選舉訴求，這是不了解美國政治的實況，也扭曲了民主政治的本質，這比諉過的後果更嚴重百倍。

李登輝・桑果・塞蒙德

我曾經寫過一篇文章，希望李登輝效法他心儀的塞內加爾首任總統桑果（Leopold Senghor）的榜樣，在總統大選前放棄他未完的黨主席任期，讓連戰提前接班。但結果他在大選後才被迫交棒。

歷史雖然不可能重頭來過，但如果當時李登輝能主動提前交棒，當然就不會出現後來所謂的連戰逼宮事件；沒有逼宮之恨，李登輝自然也就不會視國民黨如寇讎，視連戰如逆子，更不會演出黨主席被逐出家門的那齣「黨倫大悲劇」了。

李登輝跟桑果的另一相異之處是，桑果下台後便隱居法國，平常寫詩著書，從此不再過問塞內加爾的政治。但李登輝卻是「回也不改其志」，政治不但仍是他的最愛，而且他自認使命未了，當完摩西後還要當迦勒，即使拚掉老命也在所不惜。

但李登輝之所以曾經心儀桑果，確實是因爲他們二人有許多相似之處。

他們在成長初期，都接受過殖民政府的統治；都當過殖民宗主國的國民；都去過宗主國的大學留學讀書；對宗主國的一切，也一直都懷抱特別的感情。而且，他們都接受過左派思想的洗禮；都曾替以土地爲生的農民大抱不平；都在從政前當過教授；都是虔誠的教會信徒。更重要的是，他們都是「使命型的政治人物」。

桑果是塞內加爾脫離法國殖民後獨立建國的首任總統，他提倡的「黑人自覺運動」，用現在的語言來解釋，就是要建立「黑人的主體性」與「非洲的主體性」。這種自我覺醒的意識，他曾經表現在他的詩與哲學作品中，也是他當國家領導人後致力要完成的使命。這個使命跟李登輝所鼓吹的「終結外來政權」、「台灣主體性」與「台灣價値」等等，不論動機或目標都有相似之處。

桑果不但替「獨立的塞內加爾」打下了基礎，也替「民主的塞內加爾」找到了方向。他在執政初期，雖然實施的是一黨制的威權統治；但到後期，他卻建立了多黨制的民主政治，並且以主動放棄未完任期權力的手段，完成了塞內加爾的首次和平政權移轉，替他自己的政治生涯寫下令人懷念的最後一章。

跟桑果相比，李登輝所鼓吹的「獨立的台灣」（兩國論），雖然引發爭議，但他替「民主的台灣」所打下的基礎，即使是他的政敵也不得不肯定。一個國家領導人其實一生祇要能完成一項具有歷史意義的使命，例如獨立建國，例如建立民主，例如喚起主體意識等等，本來就應於願足矣，也足以留名青史。桑果因爲懂得這個道理，最後才主動放棄權力。但李登輝卻做了一個跟桑果完全不同的最後選擇。

美國有一位參議員叫塞蒙德（Strom Thurmond），他高齡九十八歲時，仍然不時出入國會山莊議事，還一度在議場內昏厥。這位退休時（二〇〇三年）年屆百歲的人瑞議員，每次競選連任時雖然都自稱他的使命未了，但將來的歷史除了記載他是美國歷史上年紀最老、任期最長的參議員這些「金氏紀錄」外，其他還剩什麼？所有老而不退的政治人物，其實都該以塞蒙德爲戒。

李登輝一生心儀的政治人物不少，但他應該重溫一下桑果的故事，跟自己曾經心儀的人物再對比一下；否則，如果他眞的再拚個十幾年，豈不成了另一個塞蒙德。

你不走，叫我如何懷念你？

「九一一大浩劫」死了成千上萬的美國人，但在埋葬這些無辜冤魂的灰燼瓦礫堆中，卻誕生了兩位超級美國英雄，一個是小布希總統，另一個是紐約市長朱利安尼。

浩劫前，朱利安尼被人形容是「赫德遜河畔的墨索里尼」；但浩劫後，這個恐怖的法西斯主義者卻搖身一變，成了臨危不亂的救世主，許多人形容他是「廢墟中的邱吉爾」。洋基球場中數萬群眾響徹雲霄的「Rudy, Rudy」歡呼聲，更把他捧到了他政治生命中的最高峰頂。

朱利安尼的任期本來應該在二〇〇一年十二月底結束，如果他屆時依法鞠躬下台，效法邱吉爾「酒店關門我就走」的民主風範，站在歷史的雲端上向紐約市民揮手說再見的話，魯道夫‧朱利安尼的故事，必然將成爲美國歷史上的一則英雄傳奇。

但朱利安尼畢竟不是邱吉爾。在眞實的世界裡，邱吉爾打敗了墨索里尼；但在朱利安尼的內心世界裡，「墨索里尼的朱利安尼」最後卻打敗了「邱吉爾的朱利安尼」。就在他即將成爲傳奇的前一刻，高高站在人生峰頂的朱利安尼卻向瓦礫堆中的紐約市民大聲宣告：讓我延任三個月，否則我要修法競選三連任。他的這聲宣告，會不會改寫美國歷史猶未可知，但毫無疑問他卻改寫了自己的歷史，他讓魯道夫・朱利安尼的故事永遠不可能變成美國的傳奇。

朱利安尼的延任宣告，雖然被人用「一場愚蠢可笑的政變」來形容，批評他自我毀滅。但他卻替自己找出一大堆合理化的理由：重建紐約要有持續性，現在不宜換市長。我比其他人會做得更好，紐約市民需要我，有人甚至希望我當終身市長。而且，我毫無私心私利可圖，我要延任一切是爲紐約。更何況，我祇要求延任短短三個月，三個月後新市長再就職接手也不遲。如果你們連三個月都不給我，那就別怪我，爲了紐約，我祇好修法爭取三連任。

紐約市有一部法律叫「任期限制法」，規定市長最多祇能當兩任，這部法律是朱利安尼任內通過的，而且還是經過兩次市民公投通過的。但朱利安尼如果眞想修法，依他現在的人氣聲望，紐約市議會非常可能被迫替他背書；即使交付公投，也不難過關。

朱利安尼雖然一向自許是「法律與秩序」的化身，但他跟那些站在最高峰頂的政治人物其實都一樣，制度規矩是他們建立的，但制度規矩也是他們破壞的。他們的主觀意志，永遠淩駕客觀法則之上。他們認爲自己不可或缺，如果他們爲了一個崇高的目的，而不得不逾越某些客觀法則的束縛時，別人都該配合他們。朱利安尼認爲讓他延任或修法連任，根本是 No big deal 小事一樁，這就跟李登輝說「我已經超過那個範圍（指黨紀）了」的心態，完全如出一轍。站在雲端上的人，怎麼會受雲端下的規則所限制？

知名的專欄作家 Richard Reeves 雖然一向反對朱利安尼，但他這次卻寫了一篇文章讚美朱利安尼的救災表現，不過他卻勸朱利安尼說，「幹得好，魯迪。但現在請你回家，祇要做一個紐約人就好。」另外有一位紐約市民也投書《紐約時報》，表達他對朱利安尼延任的看法。他在投書中寫了兩段很有意思的話，他對朱利安尼說：「我們選你當的是市長，並不是選你當彌賽亞，時間到了，你就該離開」，「如果你永遠不走的話，你叫我們怎麼懷念你？」

但朱利安尼顯然聽不到或者聽不進這樣的勸告，那些自以爲是「今之彌賽亞」的政治人物都是如此，因爲他們根本不懂如何讓人懷念的道理。

英國老太太與台灣老先生

台灣有一位七十九歲的老先生，雖然當過十二年總統，但他下台後老當益壯，繼續問政干政。英國也有一位七十七歲的老太太，雖然做過十二年首相，但她下台後對政治卻從未忘情。

英國老太太柴契爾夫人曾經來過台北，台灣老先生李登輝二〇〇〇年也去過倫敦。兩位老人家互稱老友，相知相惜，彼此也確實有很多相似之處：他們都有強人性格，都屬於信念型的政治人物，都是改變歷史的國家領導人，更重要的是，他們指定的接班人最後都背叛了他們的路線，也都被他們無情的批判。

梅傑雖是柴契爾夫人指定的接班人，但由於梅傑背叛了她的「反歐盟」路線，老太太一怒之下，便策動保守黨的右派國會議員全面杯葛梅傑。梅傑八年首相任內，面對的最大敵人並不是工黨，而是奉柴契爾夫人爲精神領袖的保守黨右派同志。

布萊爾終結保守黨政權的初期，由於他標榜的「第三條路」路線，其中隱含有柴契爾主義的影子，老太太一度對他刮目相看，甚至不惜移駕唐寧街十號，親自傳授她的治國經驗。但後來也因爲布萊爾的親歐盟路線，讓她大嘆孺子不可教也，從此跟他劃清界線。

雖然在她之後的兩任首相都不受所謂的「柴契爾主義」左右，但老太太干政的欲望未曾因此而稍減。因爲她干預不了首相官邸，於是祇好退而求其次干預她所屬的保守黨。

她雖然在卸任首相前一年就已不做保守黨黨魁，但有人形容保守黨十幾年來卻一直被關在「柴契爾監獄」裡，每個人都是她的囚犯，任何人膽敢背叛她，例如梅傑，等於是政治自殺。二〇〇一年保守黨改選黨魁，老太太也干預如昔。但由於她干預得太過火，結果不但引起政壇譁然，保守黨內也首次出現了反撲柴契爾的集體勢力。

梅傑忍了十幾年，這次終於爆發。他痛批柴契爾夫人搞分裂，鼓動同黨議員叛變，不但是史無前例的不忠誠，也毒害了他的首相任期，讓他陷入執政困境。

保守黨的影子閣員藍斯利（Andrew Lansley），曾經是柴契爾夫人一手提拔的親信，但他這次也加入反柴陣營。因爲老太太曾經以電影「木乃伊回來了」自況，藍斯利因此嘲諷說，既然是木乃伊，就應該回到棺木裡才對。

前幾年來台灣訪問過的克拉克（Kenneth Clarke），這次是競選黨魁的兩位候選人之一，老太太批評他如果當選將是災難，他也回敬老太太，說她已是歷史課本裡的人物，希望她安安分分做一個領取退休年金的普通老人就好。

老太太的親生女兒卡蘿也大義滅親，公開呼籲她母親「惦惦」，別再插手政治，不要老活在上個世紀。

連老太太支持的黨魁候選人史密斯（Iain Duncan Smith）也懇請老太太，如果他當選，希望她不要參加十月的黨大會，免得別人譏笑他是鐵娘子羽翼下長不大的嬰兒。

柴契爾夫人退休後干政成習，但這次她卻首度嘗到被人集體反撲的滋味，英國政壇，不論是保守黨或工黨，最近有志一同都認爲「現在是結束柴契爾主義的時刻了」。據說老太太也感嘆時不我予，準備在一年內關閉辦公室，從此退隱。

英國老太太下台後干政十多年，終於有此覺悟；干政才五年多的台灣老先生，大概還要讓人等好多年才會有此覺悟吧！

共和使人們變成沉默

絕對不要低估這一連串打壓言論自由的幾股小逆流。

卸任總統罵媒體不老實，沒把他站台場子的群眾人數寫成十萬人，他說媒體把老百姓教得笨笨的，大家要相信他說的，不要相信媒體。

現任總統指控有極少數的記者是中華人民共和國的記者，他並且反對以新聞自由爲幌子，開國家安全的玩笑。

現任副總統以媒體刊登她跟總統背對背的照片爲例，批評媒體惡意挑撥他們的關係，她除了連問三次爲什麼之外，並質疑媒體是否不要和平？

現任行政院長指責有些政務官根據本位思想，對外輕率發言，他下達封口令，禁止政務官在政策定案前發言。

現任參謀總長針對一篇虛構的諷喻體文章，不但煞有其事的發新聞稿澄清否認，而且還義正辭嚴地聲明軍人不搞幽默。

這五股小逆流，竟然在短短不到一個禮拜的時間內連續出現，當事人又都是一言而動天下的權勢人物，即使純屬巧合，後遺症也不可等閒視之，否則小逆流匯成大逆流，則台灣言論自由危矣！

台灣現在雖是最有言論自由的年代，但其實也是言論自由最不受尊重的年代。

李登輝不屑媒體，十數年如一日，但他替台聯站台的體育場，最多也祇能容納四、五萬人，而且當天場內並未爆滿，十萬人從何而來？媒體據實以報，何罪之有？

民主政治中絕沒有所謂的「正確言論」或「正確思想」，過去獨派言論不該受到打壓，現在統派言論當然也不該被打壓。陳水扁以中華人民共和國記者的紅帽子扣在媒體頭上，不但是在搞政治正確，而且是在搞言論正確、思想正確。

呂秀蓮罵媒體已成家常便飯，照片風波祇不過是又添一例而已。

政府設官分職，本來就是各司其責，各有本位，如果勞委會主委講經濟部長的話，主計長以爲自己是財政部長，那才是不守本分，有失其責。更何況，連政務官都不能站在本位發言，政務官也就不成其爲政務官了。無聲的政務官，無聲的政府，張俊雄可以想像那是什麼樣的畫面？

美國專欄作家包可華（Art Buchwald）寫了一輩子諷喻體的幽默文章，但從來沒有人更正他的專欄。湯姆・克藍西（Tom Clancy）寫了無數本以國家安全爲主題的暢銷小說，但五角大廈也從未以國家安全爲名去否認他的內容。馮光遠寫了十幾年的「給我報報」，祇有張軍堂信以爲眞他的「犀牛皮論」，而鬧了天大的笑話。湯曜明處理張大春的專欄，就頗有張軍堂之風。

套句民進黨二〇〇一年的競選口號「台灣要改革，改革要有力」，言論自由也是一樣，言論要自由，但自由要有力，沒有力的言論自由，不受尊重的言論自由，比言論不自由好不到哪裡去。

魯迅曾經講過「專制使人們變成冷嘲，共和使人們變成沉默」，共和使人沉默，這句話跟「於無聲處聽驚雷」一樣看似矛盾，但台灣言論自由如果一再出現逆流，空有言論自由其形，但無其實也無其力，魯迅的話又何矛盾之有？

李登輝不要變成喀爾文

愈有使命感的人，愈有可能變成他自己的對立面，革命的變成反革命，改革的變成反改革，這種例子歷史上所在多有。

胡適就曾經舉過喀爾文的例子。喀爾文的宗教革新運動原來的目標是要爭取宗教自由，但當他掌控宗教大權後，他居然也把一個反對他的學者，以異端邪說的罪名活活的燒死。

喀爾文爲什麼會變成他自己的對立面？胡適的解釋是，喀爾文深信他自己的良心是代表上帝的命令，他的口與他的筆也是代表上帝的意志，而嚴厲懲治異端邪說，則是上帝自己在說話，上帝自己說話，還會錯嗎？爲上帝的光榮作戰，還會錯嗎？我的意見代表上帝的意旨，還會錯嗎？既然我不會錯，反對我的人的意見當然都是魔鬼的教條。

從羅馬舊教的獨裁中爭取宗教自由，這是喀爾文的使命感，這份使命感讓他成了宗教改革家，以及新教的「教父」，反舊教的信徒爭相追隨他、信仰他，奠定了他在世界宗教史上的歷史地位。但最後他卻變成箝制宗教自由的反改革者，甚至成爲火燒異己的劊子手，不但變成了他自己的對立面，並且還假上帝之名替自己辯護。

喀爾文的故事發生在四百四十八年前，四百多年來，全世界各個領域裡，不曉得曾經出現過多少個大大小小的喀爾文，這些喀爾文們因爲使命感而改寫了歷史，但也因爲使命感而在不知不覺中逐漸變成了自己的對立面。尤其是在四百多年後的台灣，乍聽李登輝說他所做的都是神要他做的，他是照神的意思在做正確的事，更令人悚然一驚，想起了四百多年前在日內瓦的喀爾文。

喀爾文是有使命感的宗教改革家，李登輝則是有使命感的政治改革家；喀爾文是新教的「教父」，李登輝則有台灣「國父」之稱；喀爾文改寫了世界宗教史，李登輝改寫了台灣民主史；喀爾文代表上帝的意志戰鬥，李登輝照神的意思做事；喀爾文最後成了自己的對立面，李登輝亦復如是。

政黨政治是李登輝的政治信仰，但他可以黨籍仍在國民黨，心卻在台聯黨，並表示要用他所有的關係，幫台聯黨成爲台灣最大黨，至於替國民黨助選，他明講絕無此事。黨籍在此黨，助選卻替彼黨，寄望也在彼黨，這是破壞政黨政治。

他一向反對家父長制，但他現在卻以家出歹子的理由，表示他這個老爸不能退休。

他以父自居，以歹子責罵在野黨，這是不折不扣的家父長制。

他有「民主先生」之稱，但他現在卻說他建立的民主就要垮了，一個人敢說出「我建立的民主」這樣的話，民主素養顯然並不及格，不配當民主先生。

然而，李登輝現在已是金剛不壞之身，他的歷史地位已經讓他的思想變成了不容質疑的金科玉律，更何況，他是照神的意思做事，神還會錯嗎？再加上他又以老邁帶病之軀替台灣賣老命，更讓他的所言所行充滿了悲壯色彩的正當性，任何人批評他，傷不了他也改變不了他，反而落得一個政治不正確的罪名。

但胡適是李登輝的康乃爾老學長，也是民主的老祖宗，別人的話李登輝可以充耳不聽，但老學長、老祖宗所講的喀爾文故事，李登輝總該耐心聽一聽吧！

共和國之父的抉擇

戴高樂是法國第五共和之父，他不但是法國光榮的象徵，也有人稱他是最後一個偉大的法國人；龐畢度甚至在宣布他的死訊時說，「戴高樂死了，法國變成了寡婦。」他在法國的歷史地位可見一斑。

他在第五共和掌權十年期間，權力之大有如現代的凱撒，所謂的「戴高樂主義」也比共和國的憲法更像憲法。然而，他雖然有強烈的使命感，也曾經享受過帝王般的權力，更有重建法國光榮之功，但下台後的戴高樂，卻一刀斬斷他跟政治的臍帶，從此不再過問巴黎政治。

戴高樂的退休生活，非常的單調，他除了偶爾到國外旅遊，偶爾接見賓客外，每天的行程幾乎都是一樣，散步、寫回憶錄、看電視，跟過去在巴黎的絢爛相比，退隱老家科倫貝的戴高樂，生活過得不但平淡如水，簡直是乏味透頂。

戴高樂的內心也許並不甘於退休後的平淡，也很難眞正忘情政治，但他卻勉力爲之，壓抑自己干政的欲望。他不但拒絕龐畢度請他背書競選總統的請求，對龐畢度當總統後逐漸背離他的路線，他也始終未置一詞。

龐畢度不但一向是戴高樂的親信左右，甚至可以說是向他皈依的信徒，戴高樂也視他爲戴高樂主義的路線繼承人。但他們兩人的關係卻因處理一九六八年的「五月革命」而發生了變化，戴高樂甚至覺得龐畢度有趁革命逼他下台之嫌。革命群眾高喊「把戴高樂丟進博物館」的口號，已經讓戴高樂既困惑又憤怒，但龐畢度的逼宮，卻讓他痛心又失望。

在政治風格上，戴高樂是典型的卡理斯瑪型領導人，充滿浪漫性格，懷抱理想主義，但龐畢度卻是相反的類型。政治風格的不同，也讓龐畢度在取戴高樂而代之後，變成了戴高樂主義的叛徒。

戴高樂一向致力重建法國的光榮，在他「缺少了偉大，法國就不成其爲法國」的信念下，他追求法國的主體性，不但不隨山姆大叔的音樂起舞，對歐盟也保持距離，甚至不屑爲伍，這也就是戴高樂主義的重要精神。

但龐畢度上台後，卻呼應當時西德總理布朗德的號召，贊成歐洲結盟以及貨幣統一的主張，並同意跟英國恢復被戴高樂中斷的歐盟協商談判。除了龐畢度放棄戴高樂長期堅持反歐盟的立場之外，更讓戴高樂覺得全法國都背叛他的是，當時有超過六成的民意也支持成立所謂的歐洲政府，即使這個政府的領導人不是由法國擔綱，他們也毫無所謂。

但被繼任者背叛、被法國多數民眾背叛的戴高樂，雖然眼睜睜看著戴高樂時代走入歷史，戴高樂主義也化爲灰燼，但他仍然隱居老家埋首寫他的回憶錄；他雖然是一個有強烈使命感的政治人物，但即使他的使命未了，甚至他的使命受挫，他也從來不曾對現實反撲。

戴高樂之於法國，跟李登輝之於台灣，有許多相似之處；戴高樂的下台生涯，也許是一個太過極端的例子，但李登輝的下台生涯，又何嘗不是舉世罕見的例子？同樣都是共和國之父，同樣都在快八十歲時下台，但在下台後他們卻做了不一樣的抉擇，歷史已經給了戴高樂評價，李登輝還在等待歷史的裁判。

台灣也有一隻老公麋

美國兩百多年歷史中能活著下台的總統，退休後不問政治的居多，不忘政治的很少。在不忘政治的那幾位當中，繼續參政者雖有，但站在第一線跟自己原來所屬政黨爲敵的卸任總統，卻屈指可數。

第六任總統亞當斯卸任後再選眾議員，當選後在國會山莊待了十七年。第十七任總統強森退休六年後再當選參議員。第二十七任總統塔虎脫下台八年後，被任命爲首席大法官，九年後才因病退休。

這三位卸任總統都是代表原屬政黨繼續以公職身分參政。但有其他三位卸任總統卻在退休後，另外組黨或者代表其他政黨再度問鼎總統寶座。

第八任總統凡標倫（Martin Van Buren）原屬民主黨，下台七年後卻代表「自由土地黨」（Free Soil Party）競選總統，但祇獲得一成選票落敗。

第十三任總統費爾摩爾（Millard Fillmore）原屬自由黨，卸任三年後卻代表「美國黨」參選總統，但最後祇贏了馬里蘭一州。

最特別的是第二十六任的老羅斯福總統，他原屬共和黨，但在下台三年後，卻另外籌組了一個「進步黨」（Progressive Party），並且代表進步黨跟共和黨的塔虎脫與民主黨的威爾遜競選總統，結果他贏了塔虎脫，卻輸給威爾遜。

老羅斯福是美國歷史上最年輕的總統，他當完兩任八年的總統後祇有五十歲，正值壯年。而且他一向精力充沛，下台後曾經到非洲狩獵一年，又到亞馬遜流域探險，但大自然不但沒有耗盡他的無窮精力，反而更激發了他重返政壇的鬥志。

老羅斯福本來是麥金利（William McKinley）的副總統，在麥金利被人刺殺後繼任總統。由於他是二十世紀美國的第一任總統，再加上他任內大力打擊企業壟斷，被人稱爲「托拉斯剋星」，同時又是歷史上第一位環保總統，因此有人稱他爲「美國世紀的偶像」。

以這樣的政績，如果他要爭取連任，絕對易如反掌。但老羅斯福卻誓言他下台後從此跟政治一刀兩斷，而且他指定他的副總統塔虎脫當他的接班人，他的理由是「塔虎脫會繼續我曾經做過的工作」，「他的政策、原則、目標與理想跟我完全一致。」

但沒想到塔虎脫上台後，卻竟然「做他自己」，政策路線愈走愈右，愈趨保守，完全背離了以「公平交易」（Sguare Deal）爲主要精神的「羅斯福主義」路線。

對於塔虎脫的背叛，老羅斯福是既驚又怒且憂，再加上在塔虎脫爭取連任時，共和黨已經分裂成進步與保守兩派，於是老羅斯福棄不問政治的諾言於不顧，決定重披戰袍。但由於黨機器掌握在塔虎脫的保守派手中，老羅斯福在爭取提名失敗後，一怒之下另組「進步黨」，並以「新國家主義」爲號召參選總統。但因爲支持共和黨的選票一分爲二，老羅斯福最後雖然打敗了自己曾經指定的接班人，但卻輸給了民主黨的威爾遜，「進步黨」也在短短幾年後煙消雲散，重回共和黨陣營。

「進步黨」有一個別名叫「公麋黨」（Bull Moose Party），老羅斯福在另組新黨前也常誇稱「我強壯得像公麋一樣」，但公麋與大象相爭，最後卻讓驢子當上了「政治動物園」的霸主。

台灣的政治與老羅斯福退休後的美國政治頗爲相像，既有像公麋一樣的老羅斯福，也有像塔虎脫一樣的背叛者，美國版的公麋鬥大象，結局是與汝偕亡，台灣版的故事才剛開始。

不要衹做「嘴巴的改革者」

任何一位新政府領導人，都會自稱是改革者，但有人終其任內衹是「嘴巴的改革者」，不但一事未改，還可能背上反改革的罪名。

以日本爲例。日本雖是世界第二的經濟大國，但從八〇年代末期開始，日本經濟卻進入「十年低迷」的不景氣時期，有人即稱過去十年是日本歷史上「失落的十年」。上世紀末，日本換了八位首相，過去七位首相雖都以改革者自居，但每個人都拿不出改革行動，最後都以改革失敗而匆匆下台。

這七位首相之所以改革失敗，最主要的原因是他們都不敢進行「結構的改革」。因爲擔心得罪派閥，他們不敢對傳統的權力結構動刀；因爲擔心得罪既得利益的特權階級，他們也不敢對財經金融結構動刀；因爲擔心選票流失，他們更不敢對涉及多數人的社會福利結構動刀。每個人都是不折不扣的「嘴巴的改革者」。

但新任首相小泉純一郎卻是「行動的改革者」。前十任首相的內閣人事布局，無一不是派閥政治的縮影；但他的內閣卻幾乎看不到派閥的痕跡。前十任內閣一年半載都拿不出改革計畫，但他上台才兩個月，就立刻提出了一部有「小泉宣言」之稱的經濟改革方案藍圖。

而且，所謂的「小泉宣言」並不是一份文情並茂的文告，這份宣言的主軸是「沒痛苦，就沒改革」，「沒改革，就沒成長」。而改革之所以會痛苦，乃是因爲小泉要進行外科手術式的結構性改革，要進行結構性改革，不但會犧牲特權階級的既得利益，一般升斗小民也要勒緊褲帶，準備過二、三年的苦日子。

舉例來說，銀行改革是小泉的改革第一步，而改革銀行的第一步就是協助銀行打消高達十幾兆日圓的壞帳，但打消銀行壞帳的後續影響，卻可能是經營不善的企業紛紛倒閉，企業倒閉又將帶來難以估計的失業人口，失業人口增加不但會增加社會不安，更會引發民怨，影響選票，甚至連政權也可能因此而不保。

單單一項銀行改革，就包含了金融、經濟、社會、選舉以及政治等各種效應，其中任何一項效應都可能讓改革失敗，甚至可能會終結內閣或一個政治人物的生命，過去歷任首相不敢進行結構改革的道理也就在此，但有唐吉訶德之稱的小泉卻勇敢地揮動長矛衝向風車。

小泉是日本有史以來最有人氣的首相，他的民意支持率高達近九成，比前任內閣的個位數支持率，高出八十個百分點。他的肖相海報比明星海報還好賣，他的電子雜誌才創刊不久，但訂戶已有二、三百萬之多，日本舉國陷人小泉熱的歇斯底里氣氛中，有人甚至稱他是「日本的甘迺迪」。

小泉的改革方案之所以這麼快提出，之所以不像過去一樣要先經過黨內派閥的協商，而祇有少數幾位學者專家商討後即拍板定案，就是因爲他擁有「挾民意而改革」的條件，如果連他都改革失敗，日本過去的「十年低迷」很可能會以未來的「十年浩劫」收場。

「不畏懼痛苦，不向既得利益低頭，不受過去經驗束縛」，這是「小泉宣言」的三大呼籲，他上台兩個月就提出方案的改革速度，他以經濟改革爲優先的改革焦點，都値得每一位改革者學習，尤其是改革速度太慢、改革焦點太渙散的台灣政府領導人，更該向東洋取經。

李登輝的第三任

在尼克森過世前一年，他應邀到眾議院演講，在演講最後，他把麥克阿瑟「老兵不死，祇是凋零」的名言，改成「老政客會死，但永不凋零」，來說明他雖已年高八十，但關心與影響時政卻不減當年。

尼克森這句話，的確是夫子自道。在他講這句話的前兩天，才當總統兩個月的柯林頓曾邀他到白宮作客，並向他請教治國之道。這兩位一老一少的前後任總統，分屬不同政黨、不同世代、不同意識形態，尼克森當總統時，更是小柯夫婦示威抗議的對象，希拉蕊並曾參與水門醜聞的調查工作，但事隔二十年後，他們不但相逢一笑泯恩仇，白宮相見之後到尼克森過世前，大約有一年多的時間，尼克森更成了小柯外交政策的首席顧問，由於小柯對尼克森幾乎言聽計從，因此有人戲稱，小柯第一任的前一年，也可以說是尼克森的第三任。

從尼克森的立場來說，他下台二十年內，白宮雖然數易其主，但每位總統都跟他保持距離以策安全，連同黨的雷根與布希也從未向他請教國事，反而是柯林頓這個不同黨的後生小輩，一上台後就把他奉若國師，當然讓他這位八十歲的卸任老總統備感窩心；再加上小柯對國際政治外行，尼克森確實是以第三任的心情去完成他的外交未竟大業。

更何況中國的大門是他打開的，冷戰也是從他開始逐步結束，這是他對世界的貢獻，也是他的政治遺產，爲了確保這些歷史成就，也爲了不讓未來的歷史改道而行，偏離了他當初開闢的航道，尼克森也自認幫助柯林頓是他應負的使命。

李登輝幫助陳水扁的心情，雖然跟尼克森當年十分相像，但兩人的操作手法卻迥然不同。尼克森助柯是在幕後爲之，但李登輝助扁卻是公然爲之；而且尼克森在助柯的同時，對他同黨有意選總統的杜爾，也同樣扮演首席影子顧問的角色，並未厚彼而薄此；但李登輝助扁的同時，卻視連戰如寇讎、如叛徒，並且大挖同黨的牆腳，他住的翠山莊更儼然成了反國民黨的司令部。

尼克森是天生的政治動物，他懂權力，愛權力，權力對他像空氣與水一樣不可或缺。別的總統下台後，能不碰政治則盡量不碰，但尼克森卻正好相反，他下台二十年，出書、演講、寫專欄猶嫌不足，還經常出訪各國大搞卸任元首外交。但柯林頓之前的歷任總統，卻百般冷落他，雷根與布希視他如蛇蠍，柯林頓卻視他如瑰寶，他的第三任雖然衹做了短短一年，其間也有許多對柯林頓的不滿失望，但總體來說他做得頗有成就感，如果天假以年，說不定他還會繼續做他的第四任、第五任。

相對來說，李登輝比尼克森要幸運，尼克森下台後，無人聞問，民間聲望低得不能再低，如果柯林頓不給他第三任的機會，他一定抑鬱以終。但李登輝下台一年，聲望仍高，經常一言而動天下，按理說，他不應該有像尼克森那樣的權力失落感，也不會對第三任有那麼強烈的渴求與期待，再加上他衰弱的心臟事實上也不適宜讓他跟政治有太多的共振，但八十歲的李登輝卻出人意外地這麼快就開始了他的第三任任期，變成了尼克森「老政客永不凋零」這句話的另一個實踐者。但他這一任能做多久？歷史會如何評價他的第三任？答案誰也不知道。

忘掉選舉，不要催眠

雖然像克魯曼（Paul Krugman）這樣的知名經濟學家痛批減稅方案是「大謊言」，但任何人都不得不承認小布希果然厲害；他上台才短短一百多天，但卻有辦法讓參眾兩院通過這部金額高達一點三五兆美金的減稅方案，在過去二十年的美國歷史上，沒有一位總統曾經有過這樣大手筆的決策。

小布希的「厲害」表現在幾方面：

（一）減稅是他的競選支票，他上台後立刻兌現，表示他說到做到，絕不是騙選票。

（二）但減稅不是說減就減，必須要有歲入歲出的精確統計，更何況這部減稅方案金額之高與時間之長（長達十一年），俱屬少見，複雜的程度可以想見。但他上台才三個多月，就完成了討論、提案與審議的所有程序，效率之高，舉世罕見。

（三）參眾兩院在審議這部方案時，雖然都有議員倒戈，小布希甚至還因為傑佛茲參議員脫黨，而付出將參院拱手讓給民主黨的慘重代價；但減稅方案獲得兩黨多數議員的支持，卻是不爭之事實。

（四）小布希的管理風格有一項特色是，他盡量不把自己推到第一線。在減稅方案審議過程中，他沒有在白宮召開兩黨協商會議，也沒有親自打電話遊說每一位關鍵性的議員，而是完全放手讓白宮幕僚長與國會領袖進行協商。這麼大的案子，他竟然敢做這麼大的授權，可見他的管理領導確實不可小看。

（五）他的減稅邏輯：減稅會刺激消費，刺激消費會提振景氣，雖然是共和黨的「經濟神學」，不盡然人人同意，但面對景氣下滑的殘酷現實，他不喊口號，也不說虛無飄渺的空話，他提出減稅方案，正是因為他認為這部方案是不可或缺的一帖救命藥方。

共和黨未做白宮主人已經八年，再加上小布希才剛上台不久，按理說，沒有人會苛求他非在這麼短的時間內提出一部救命方案不可，華府的官僚政治本來也不可能這麼有效率。但當過石油公司老闆的小布希，卻把政府當成企業一樣來經營，徹底擺脫官僚程序那套蝸牛化的陳規舊矩，這種即知即行的決策效率，連批評他的人也不得不肯定。

小布希走的右翼路線，逼得像傑佛茲這樣的共和黨溫和派從黨內出走，也讓他跟黨內的溫和派越走越遠，這確實是他未來的隱憂。但小布希之所以如此，除了是為了貫徹他的信念倫理（他做的都是他相信的）之外，更重要的是他徹底做到了「當選就停止競選」的要求，否則，他在選舉的壓力下，必須要討好黨內外各式各樣的利益要求，但要討好就需要妥協，要妥協就必須做自己不相信或不喜歡的事，甚至更可能到最後一事無成。這也就是「選舉是爲了統治，但統治不是爲了選舉」的道理。

跟小布希政府相比，民進黨政府這些年來，喊了太多口號，打了太多高空，誤了太多時間，找了太多藉口，並且誤信「相見就是協商，協商就是領導」。以至於政府領導人天天祇知道精神喊話，但這就像當兵時教育班長動不動就問「有沒有信心？」一樣的滑稽可笑；所謂的「將可樂，不可憂」，充其量祇不過是自我催眠與集體催眠而已。

但要民進黨政府立刻也拿出一部像小布希那樣的減稅方案，那是天方夜譚，但要求政府領導人少回頭，少怪罪，少點口水，把時間、體力與智慧多花點在行動上，這應該是每個老百姓應有的基本權利吧！

統治就是選擇

在當總統之前，小布希的政治履歷表衹有德州州長這項唯一的經歷，而且他州長衹做了一任半，也就是說他在入主白宮前總共衹有六年左右的從政經驗而已。

但這隻政治菜鳥，現在卻是世界超強的國家領導人，而且望之頗似人君，他不但沒有把自己或他的新政府比喻成小樹，也沒有拜託美國民眾包涵共和黨政府新手上路，並且請他們拭目以待，衹要假以時日必然會新路上手。

《紐約時報》知名專欄作家傅利曼（Thomas Friedman）形容剛上任的小布希政府有三點特色：

（一）柯林頓過去八年所做的都是錯的，而且都需要被翻案；

（二）他們帶著強烈的共和黨「神學立場」入主白宮，但這些立場過去八年從未接受過眞實世界的試煉；

（三）他們掌握了白宮、參眾兩院以及最高法院，三權通吃，因此這是一個沒有煞車的政府。

也就是因為沒有煞車，所以小布希政府上路才一百多天，就一路踩油門全速前進。對於前任後期已經出現的經濟景氣下滑，他們提出大幅減稅方案；對於已現端倪的能源危機，他們大幅翻轉前任「重生態輕開採」的環保與能源政策；對於國防武力，他們寧願花費一千億美金去建立星戰飛彈防衛體系，也不願意花一億美金去協助俄羅斯拆除可能流入恐怖分子手中的舊核武。

由此可見，跟走中間路線的柯林頓相比，小布希是一個旗幟鮮明的國家領導人。而且他們二人的統治風格也有很大的不同，小柯想討好每一個人，太重視形象而低估訊息的意義，施政則是「過度承諾，低度實踐」，而且說得太多，但聽得太少，更重要的是，製造的問題比解決的問題還要多；但小布希卻正好相反。

其實柯林頓初期也是被民主黨的極左勢力牽著鼻子走，但執政兩年後，一場由金瑞契領導的「共和黨革命」，卻逼得他向右轉，改走第三條路。小布希現在走的也是共和黨的極右路線，但傅利曼卻形容小布希目前的政策是「在神學中迷失的現實主義」，他預言沒有煞車的小布希政府，如果再這麼激進高速的走下去，遲早會狠狠地撞上一堵硬牆。

陳水扁跟柯林頓與小布希的年紀相差無幾，他們在執政初期都受到黨內「神學」的牽制，小柯很快就選擇了棄神學而改採中道，小布希現在則是選擇了神學掛帥，向右急行，所謂第三條路云云，不但早已成爲過去式，在小布希的政治辭典中甚至根本找不到這個詞。

但不管阿扁會選擇小柯或小布希，來當他的正面樣板或負面樣板，或者棄二人之短而取二人之長，但從這兩位美國總統身上，他應該學習到的一個教訓是：統治就是選擇，沒有選擇的統治祇是一種空洞化的統治。

一個沒有選擇的國家領導人，其結果就是「在地圖上每個地方都看得到他的蹤跡」，但這不是領導，更無法統治。這是尼克森當年對柯林頓的忠言，阿扁不妨也引爲參考。

半部回憶錄盡付笑談中

南茜．雷根當了八年第一夫人，幾乎就被人罵了八年；但她礙於身分，憋了一肚子的怒氣無處發洩。然而，雷根卸任不久，南茜就迫不及待出版了一本回憶錄，把隱忍了八年的怒氣一股腦兒的盡情宣洩，有仇報仇，有怨報怨，眞是不亦快哉！

更有趣的是，南茜這本回憶錄的書名叫《輪到我了》（*My Turn*），言下之意是，你們這些傢伙過去八年不是公開罵我，就是暗中整我，但老娘報仇八年不晚，現在我跟老公都下台了，再也沒什麼顧忌了，終於輪到我開口罵人了吧！

卸任第一夫人之怒，果然非同小可，回憶錄甫上市即震動華府朝野，從雷根最親信的白宮幕僚長黎根，到她自己的女兒，都被她罵得狗血淋頭；對別人批評她是「影子總統」、「白宮裡的黑巫婆」、「迷信星象學家干政」、「裝模作樣的芭比娃娃」以及「生活奢靡愛貪小便宜」等等，南茜更是全面反擊，整本回憶錄就像是起訴狀與辯護狀的結合。

政治人物寫的回憶錄，如果寫得四平八穩，不臧否一下人物，不帶一點火氣，也不透露一點內幕祕辛，保證乏人問津，寫了也是白寫。但回憶錄的火氣大到火燒政壇的地步，南茜卻絕對是少見的例子。

另一個例子是尼克森。尼克森過世後，他在晚年最親近的助理柯勞妮（Monica Crowley）寫了一本書《不公開的尼克森》（*Nixon Off The Record*），書的副題是「他對人與政治的坦率批評」。這本書是柯勞妮與尼克森長達四年的談話記錄，等於是「尼克森最後告白實錄」。

在這本書中，尼克森對他前後任幾位總統的臧否幾乎到了赤裸裸的地步。他形容雷根是靠膽子治國而非大腦；卡特太天眞並且自以爲道德過人；福特是一個可憐的傢伙，祇會靠演講騙錢；詹森不是一個好人，而且竊聽別人成癖；杜魯門是一個沒讀什麼書的狗娘養的；布希的幕僚無能到像是一群嗑了藥的笨蛋；柯林頓太想討好所有人，而且他相信的都是錯的；至於希拉蕊則是一個危險的赤色分子。

尼克森對這些人的評語，雖然已到了幾近誹謗的程度，但他在痛貶數落之餘，也不忘誇他們幾句。他讚美雷根是他見過最可敬的正人君子；卡特正直有理想性格；詹森是一個有眞誠信仰的自由派；杜魯門的危機領導第一流；柯林頓有成爲偉大總統的潛力；

連希拉蕊也有令他嘆爲觀止的迷人天賦。

尼克森自己寫過許多本書，每本書都是水準之作，柯勞妮寫的這本最後告白實錄，雖然是百分之百口語的忠實記錄，但尼克森講的每一句白話文，卻都有「哲學的骨頭」在內；他罵人罵得很兇，甚至有時幾近粗魯，但他罵得有事實佐證，有理論支撐，有經驗對照，也有範例援引，這種罵人的書，不但有水準，也有價值，相比之下，南茜的那本書祇不過是下台第一夫人的怨憤之作而已。

台灣歷任總統下台後都沒有留下回憶錄，《李登輝執政告白實錄》這本書雖然還稱不上是回憶錄，但也庶幾近矣，跟《不公開的尼克森》都可以算是半部回憶錄，在台灣歷史上，可謂首開其例。

但李登輝的告白實錄，到底是台灣版的《不公開的尼克森》？或是台灣版的《輪到我了》？這個問題，大家都該好好想一想。否則，這本「史上第一」的書很快就會在茶餘飯後笑談中，變成過眼雲煙。

兩個版本長得一模一樣

高爾選總統落敗後，據說跟柯林頓大吵了一架。小柯怪高爾刻意跟他劃清界線，而且又未能善用他的政績當競選籌碼；高爾則怪小柯鬧的緋聞讓他無辜受害，選戰一路打來，始終打不出小柯的陰影。

其實，美國歷史上的正副總統關係，很少有人像高爾與柯林頓一樣，有那麼好的公誼私交，buddy-buddy 到既像兄弟又像夥伴。他們兩人八年來分治白宮，曾經被人視爲政治史上難得一見的最佳拍檔。但陸文斯基一案，卻讓兩人心生嫌隙，本來一體兩面的關係不但出現了裂痕，他們的幕僚也常私下放話責怪對方是「競選的負數」。

小布希上台後幾個月，他們各走各的路，各忙各的事。小柯雖然一直處於失業狀態，但新聞天天不斷，從特赦案涉嫌濫權，到鉅資租賃辦公大樓，到違法收受禮品饋贈，再到最近又傳說他另結新歡，跟希拉蕊鬧婚變，以及電視台可能以千萬年薪請他主持節目等等，無一不受到媒體的炒作。卸任總統比現任總統的新聞還要多，小柯大概是史上第一人。

但高爾卻正好相反。他下台後很快就找到頭路，目前在哥倫比亞大學等三所大學當客席講座，他在搞政治前做過記者，現在教的也是新聞。

但對政治，高爾卻成了一個無聲之人。他跟小柯已數月未見，政黨活動他本來就興趣缺缺，現在更是避之唯恐不及。即使是面對小布希大幅倒退的環保政策，他這位曾被人譽爲「地球上最有環保觀念的副總統」，也三緘其口；不管環保團體再怎麼三催四請，希望他登高一呼出面領導，但他至今仍然不發一語。

他上媒體的兩則新聞，一是搖身一變成了高爾教授；另一是增胖了四十磅，被人調侃取了一個「肥胖亞伯特」的綽號，都跟政治無關。有人擔心他對政治的冷漠疏離，不利於他下次捲土重來，但高爾教授每日往返於住家與校園之間，樂此不疲，好像早已忘了政治爲何物。

反而是柯林頓難以忘情政治。他常私下透過媒體表達對時局的意見，對小布希把他的許多政策作廢，他雖然耿耿於懷，但他也不吝讚美他的繼任者是一個意志堅強、目標專注而且管理有方的領導人。而小布希也投桃報李，請「一介平民」的柯林頓去跟江澤民協商，要求中國送還被扣押至今的偵察機。很顯然小柯也有意效法尼克森與卡特，準備在卸任元首外交這個領域大展身手。

一對因為競選失敗而彼此存有嫌隙甚至心生齟齬的前任正副總統；一位很少曝光甚至被人消遣是「A4總統（報紙第一落第四頁）」的現任元首；以及一位新聞不斷而且每則新聞都被炒作甚久的卸任總統，美國版的現實政治如此，無巧不巧，台灣版的現實政治好像亦復如是。

祇不過這兩個版本有兩點不同之處：

（一）美國版祇有一百多天的時間，台灣版卻拖了一年，可見台灣遲遲沒走出選舉的陰影，也沒走出卸任元首的陰影。

（二）美國民眾對美國版的故事，都得知於自己國家的媒體；但台灣民眾對台灣版的故事，卻得知於來自日本的「進口傳播」。

這兩點差異，看似無關緊要，但其中所蘊含的不同政治文化特質，卻值得玩味再三。

一年總統學習百日總統

小布希入主白宮前，對國家安全事務一竅不通，但他內閣中的「國安團隊」卻都是經驗老到之士，「中美軍機碰撞危機」就是靠這些老手的運籌折衝才安然度過。

在前後十一天危機期間，小布希對他的「國安團隊」幾乎言聽計從，對他們的救援計畫也很難多置一詞，有些媒體在事後披露，他在危機處理會議中問得最多的問題，都是一些「小哉問」，例如被扣押的人有沒有《聖經》看？衣服穿得夠不夠？救援的飛機中途在哪裡加油等等，瑣細得令人好笑，但也可見他對這個「國安團隊」授權與信任到什麼程度。

在小布希的「國安團隊」中，他最倚重的當然是副總統錢尼。美國近二十年來的歷任副總統，除奎爾外，老布希與高爾都是歷史上少見的有實權副手。但錢尼的權力卻顯然還要凌駕他的兩位前任之上。

小布希如此倚重錢尼，老布希對兒子的影響是其一；錢尼的豐富經驗是其二；但更重要的是，錢尼的人格特質，讓小布希心甘情願對他授權，甚至分權。

波灣戰爭發生在老布希任內，錢尼時任國防部長，當時他是主戰的鷹派，但在戰爭期間以及戰後，媒體上曝光亮相的戰爭英雄，不是現任國務卿鮑爾，就是指揮官史瓦茲柯夫，錢尼不搶鋒頭也不爭功，好像是一個不存在的局外人一樣。

他當了副總統後，作風亦復如是。其實，他跟小布希一樣，都不是媒體政治或表演政治的好典範。他們都不愛上媒體曝光，作秀更是能免則免。甚至連被中國扣押的二十四名「人質」平安歸國時，小布希與錢尼都沒到機場湊熱鬧，他們的理由是，這是家庭團聚的時刻，不是政治人物作秀的場合，換了其他人，爬也會爬去搶鏡頭。

錢尼的另一個人格特質是，他沒有更上層樓的野心。他沒有野心，雖然跟他的心臟病痼疾有關，但也是「人各有志」的本性使然。高爾當副總統時，副總統的幕僚人數高達一百人，錢尼踵接其後，當然可援例辦理，但他卻把幕僚縮減爲五十人，而且他的幕僚與總統幕僚相輔相成，彼此不搞對立，也不爭功諉過，中美軍機碰撞的危機決策模式，不但是總統授權副總統的一個範例，也是正副總統幕僚合作無間的一個樣板。

小布希是一個「管理型的總統」，柯林頓上台時的白宮被人形容亂得像瘋人院，凡事亂無章法；但小布希的白宮卻井然有序，連民主黨國會議員也不得不肯定，即使政權才移轉百日，但白宮確實已被管理得頗有「治國之氣象」。

上台才百日的新政府，按理說國務應該亂成一團才對，但因爲小布希有一個經驗豐富的團隊，有一個有權肯默默負責但沒野心的副總統，又有一個像管理企業一樣的統治模式，才所幸在內憂（國會）外患（中國）的夾擊下，沒有犯下致命的重大錯誤，換了其他新手，也許局面早就亂得不可收拾。

台灣今天政局之亂，雖然跟政權移轉新手上路有關，跟國會有關，跟中國有關，也跟國際情勢有關，但跟這些無關的其他有關因素，到底還有哪些？從小布希政府身上，也許可以略知也略學一二。小布希百日能做的，阿扁一年當然也能。

朝野趕快惡補美國政治

總統走極端路線，但國會卻走中間路線，這樣的政治走得通嗎？美國的白宮與參議院最近對這個疑問做了一次示範性的解答。

共和黨與民主黨二〇〇一年在參議院各佔五十席，如果兩黨各走極端，任何法案都不可能通過，但一百位美國參議員在短短一周內，卻連續在兩項具有高度政黨色彩的重大法案上，表演了兩次高難度的跨黨結盟「特技」，讓白宮連吃敗仗。

第一項法案是競選經費改革方案。選舉的政治獻金，一向被視爲美國的政治之癌，以捐給政黨的所謂「軟錢」爲例，在二〇〇〇年選舉時即高達嚇死人的五億美金。競選時靠企業捐獻，當選後受企業挾持，選風與政風愈趨敗壞，當然不在話下。

曾經跟小布希角逐共和黨總統初選提名的麥肯參議員，在初選落敗後即誓言要立法改革選風，他結合另一位民主黨參議員費恩高德(Russell Feingold)，聯名提出了一項改革方案，最後在參院以五十九票比四十一票獲得通過。

小布希雖然曾經公開反對這項方案，但結果在五十位共和黨議員中，卻有十二位同志「背叛」了他；在五十位民主黨議員中，則有四十七位支持「敵黨」的麥肯，另外三位則與小布希一鼻孔出氣。

第二項法案是減稅方案。減稅方案是小布希的競選承諾，也是他上台後最符合共和黨精神的一項法案。他向國會提出的未來十年減稅方案，金額高達一點六兆美金，但參議院最後卻以六十五票比三十五票，將減稅金額向下修正爲一點二兆美金，同時還附帶通過了一項由民主黨提出的回溯方案，將在今年內先行減稅八百五十億美金。

減稅本來就是高度政黨性的政策，再加上小布希又在全美二十多州走透透傾全力遊說，但五十位共和黨議員最後仍然跑掉了十六票，祇有一位民主黨議員倒向白宮。小布希事後雖然很阿Q的宣稱打了勝仗，但民主黨參議員卻調侃他說，「如果他認爲這也算勝利，我們希望將來多幾次像這樣的勝利。」

提倡「第三條路」政治理論的紀登斯曾經明確指出，在現代政治中，「第三條路」不但有可能性，更有必要性。在減稅方案中扮演跨黨聯盟主角的民主黨參議員布洛克斯(John Breaux)，也在方案通過後表示，跨黨派不僅是一項理論，也是一個現實，更是一種必要，如果無視現實，國會什麼事都不能做。

柯林頓在任八年，自稱走的是中間路線，並且與英國首相布萊爾以及德國總理施洛德隔洋唱和。小布希上台時雖然也說要走中間路線，但行動上卻愈走愈右，甚至有點向右急行的味道，結果不但跟布萊爾等人漸行漸遠，連國會中他自己的同志也跟他唱反調。這些溫和的共和黨議員與保守的民主黨議員，並且形成了一個機動的跨黨聯盟，他們以中間派自居，不走基本教義的老路子，跟白宮的關係忽敵忽友，也根本沒有所謂的政黨忠誠可言。

台灣在二○○一年底國會改選後，朝野的國會席次比例更相差無幾，但兩黨政治的美國國會都非要跨黨聯盟不可，多黨派、席次又差不多的台灣國會，如果各走各的路，則國會亂矣，政治亂矣。朝野政黨不妨趕快惡補一下美國政治，免得將來不知如何是好！

阿扁祇要做好這件事

台灣將來的景氣怎樣？執政的一定看好，在野的保證看衰；但阿扁總統說「最壞的時候已經過去」，大概卻沒有多少人會同意這句話。

國家領導人沒有悲觀的權利，老百姓可以唉聲嘆氣，但他連眉頭也不能皺一下；前一分鐘也許他才接到景氣亮紅燈的報告，但下一分鐘他還是必須侃侃而談國家未來的美麗遠景。

美國的小布希總統就曾因爲直言不諱看壞美國的景氣，被媒體與民主黨罵得臭頭，指責他忘了自己的身分，散播悲觀的論調，影響消費者的信心。但也有媒體消遣小布希被罵活該，因爲他忘了在華府的遊戲規則中，潑冷水的角色應該由媒體扮演，總統該演的是像傻瓜一樣的樂觀主義者。

但小布希雖然被罵，卻沒有人罵他「笨蛋，問題出在經濟」。他才上台幾個月，一部厚得像書一樣的減稅方案就送到了國會，證明他並不是一個有意見沒主張的總統。連民主黨的國會議員也不得不跟著他起舞，準備接受共和黨國會議員提出的另一部高達六百億美金的所得稅短程減稅方案，期望能搭配小布希的長程減稅方案，共同刺激景氣的恢復。

民主黨雖然一向被人批評是「膝反射的自由主義者」，他們杯葛小布希是理所當然，但碰到減稅這種議題，有錢的關心，沒錢的也擔心，民主黨除非能拿出更好的方案，否則也祇能抱著「打不過就加入」的原則，跟白宮或者跟共和黨國會議員坐下來共商減稅大計，免得被選民批評不知民生疾苦。

跟小布希相比，阿扁雖然多當了幾個月總統，但他沒有推出任何一道像減稅方案一樣的招牌飯，民眾每天吃的不是舊政府留下來的殘羹剩飯，就是吃新政府過度包裝的冷凍速食品，吃得大家倒盡胃口，不但掀桌摔碗的人愈來愈多，有些人乾脆出走改吃上海菜或北京烤鴨算了。

但要阿扁早點推出他的招牌政策，卻十分困難。這些年來，企業倒閉裁員，失業率屢攀新高，經濟成長率逐步下滑，每個人的荷包縮水變小，雖然都是鐵的事實，但執政者若以個案視之，或者以為台灣不好但別國更糟，又或者認為最壞也不過如此，甚至誤認口號可以當飯來吃的話，執政的危機感即使有，但也不會強到感覺是致命的危機。

另外，民進黨所能延攬的財經人才，好像已經盡佔政府各個相關職位，也難免讓執政者產生錯覺，認爲如果連這批人都搞不好經濟，那一定是非戰之罪，不是在野黨的錯，就是文官的錯。執政者每天忙著找卸責脫罪的理由，忙著怨這個怪那個，哪裡還有時間精力去執政、去想大戰略？

再加上，民進黨搞政治很內行，一碰到政治議題，不管是統獨、憲政或選舉，就立刻血脈賁張不能自已。別人泛政治化，他樂得打蛇隨棍上，別人不搞政治，他也三句不離本行，好像不搞搞政治就渾身不對勁一樣。政治至上，經濟當然無人聞問。

「所有的官僚都是總統的敵人」，阿扁如果要學小布希，就該在政府之外，立刻從學術界與企業界找出一批財經智囊，人數不必多，替他花幾個月的時間研究出一部財經方案，這部方案不包裝、不討好也不喊口號，實用就好。阿扁祇要做好這一件事，就功德無量。至於其他事情，尤其是政治，「沒壞就別修」，沒有人會怪他荒廢政治，也沒人會罵他擴權，搞經濟被罵，那也值得！

驚爆十三天的決策模式

很多政治人物最近都看過《驚爆十三天》這部電影，但這些人大概都沒有看過跟電影同名由羅伯·甘迺迪寫的《十三天》（*Thirteen Days*）那本書。如果他們看完電影後，願意再花點時間去翻翻這本書，學到的東西應該更多。

古巴飛彈危機發生迄今近四十年，有關記載這段歷史的書籍多得不計其數，但其中最具紀實意義的絕對是甘迺迪總統弟弟羅伯所寫的《十三天》，最具分析意義的則是哈佛大學教授艾利遜（Graham Allison）所寫的《決策要素》（*Essence of Decision*）。這兩本書都是古巴危機的經典之作。

但不論是看電影學政治，或者是看書學治國，台灣政治人物從《驚爆十三天》這段歷史中最該學的，應該是甘迺迪總統的決策模式，尤其是他的危機決策模式。

小甘與他身邊的親信，雖然盡是出類拔萃之士，但這批國王人馬在處理「豬灣危機」

時，卻弄得一敗塗地。事後檢討發現，失敗的主因是決策模式出了問題，而其中又以決策過程中沒有異議雜聲，更是關鍵中的關鍵。

因此，在處理古巴飛彈危機的決策過程中，小甘的決策模式大幅改變，其中最具特色的有幾點：

(一)小甘雖然組織了一個危機委員會，但他能不主持會議則不主持，免得因爲他在場而讓正反意見失去彼此激烈辯論的氣氛，或者沒有人敢挑戰他的主張，眾人皆以迎合他或揣摩他爲能事。

(二)但不管他在場或不在場，參與決策討論的人，都沒有階級職位高低與權力大小之分，大家一律平等，小甘的許多主張甚至幾次被主戰派的幕僚批評太過軟弱，但他卻不以爲忤。

(三)「豬灣危機」因爲決策過程「眾議僉同」而以失敗收場，但小甘在飛彈危機中不但讓主戰派與主和派彼此挑戰、修正對方的主張，他還刻意找了一位共和黨的大老在決策過程中，專門扮演唱反調的「魔鬼辯護士」。

古巴飛彈危機最後能以和平收場，其中因素固然很多，但小甘的決策模式卻無疑是其中的關鍵，這種決策模式的內涵雖然卑之無甚高論，其實卻是知易行難，全世界能眞正做得到的國家元首，屈指可數。

事實上，在十三天的飛彈危機期間，小甘也曾經「看書學治國」，他當時看的那本書是史學家塔克曼（Barbara Tuchman）所寫的《八月的槍聲》（*The Guns of August*）。

塔克曼的這本書形容第一次世界大戰是一場出於誤判與誤解的戰爭，能避免而未避免。小甘在十三天危機期間，曾經多次以此書爲例，以一次大戰爲鑑，表示他不希望因爲決策錯誤，而被將來的史家另寫一本「十月的飛彈」史書來批判他。

台灣的黨政領導人一向很少講究什麼決策模式，即使有，通常也不外是一人決策或寡頭決策模式，所謂集體決策模式祇不過徒具形式而已，小甘「驚爆十三天」的決策模式，如果能讓他們學到一點皮毛，台灣政治將受用大矣！

挫折祇是分段的句點

小布希並不是一個溫和的保守派，共和黨的極右勢力也一向是他最大的政治資產，他能入主白宮，極右的保守勢力居功甚大。

但他在當德州州長時，就以「兩黨的州長」著稱；現在他雖然被人嘲笑是「最高法院任命的少數總統」，但小布希到華府後的初期作爲，卻讓民主黨難以挑剔，也強烈顯示出他有意想做一個「兩黨的總統」。

黑人選民雖然絕大多數沒投票給他，但他任命了兩名黑人閣員；白宮的第一批國會客人也是國會的黑人黨團成員；金恩博士的名言更常常被他引述；連共和黨一向不願觸碰的民權議題，小布希也毫不避諱地大談特談。由於他對民主黨勢力示好到這種地步，白宮發言人忍不住開玩笑說：「大家別忘了，總統還有很多並非民主黨的朋友。」

小布希對民主黨的善意言行，雖然被人定位是一項精心設計的「魅力攻勢」，企圖中性化他明顯偏右的政治立場，但他面臨的政治現實，包括他是一位普選得票數比對手少的少數總統，以及兩黨在國會的席次幾乎一半一半的特殊處境，卻讓他不得不以「兩黨的總統」自期，否則終其任內，不管是四年或八年，他都可能身陷「令不出白宮」的困境之中。

他的前任柯林頓雖然以「新民主黨」自居，政策路線走的也是所謂「第三條路」的中間路線，但小柯彰顯正統民主黨理念的招牌政策「健保方案」，卻還是在國會慘遭滑鐵盧。這也是柯林頓八年任期內最大的挫折，但他的挫折並非因爲在國會打了敗仗，而是因爲他堅持的倫理信念未能透過政策得以具體實踐。

小布希身上所背負的共和黨倫理信念的包袱，以及他受制於同黨極右勢力的掣肘，都比柯林頓要重；他面對的由兩黨二分天下的國會，雖然比小柯當時面對的共和黨多數國會，處境似乎要好一點，但如果他一昧堅持傳統共和黨的倫理信念，結局保證會跟小柯一樣。

以減稅方案爲例，這項方案不但是小布希的競選承諾，也是共和黨一貫的政策信念。但一則因爲這項方案可能要付出高達兩兆多美元的代價；再則雷根當年的減稅方案讓美國陷入嚴重的預算赤字危機，讓許多人至今餘悸猶存，連共和黨的國會領袖蓋哈特也提醒小布希要以雷根爲鑑。

但減稅方案既是選舉支票，又是小布希堅持的倫理信念之一，他如果棄守立場，共和黨一定會批評他背叛；他如果堅持到底，但國會卻反對，即使他動用否決權也無力回天，他的少數總統地位勢必會更加動搖不穩。

任何一位國家領導人都不可能永遠靠魅力治國或善意治國，魅力與善意雖是正面的政治風格，但當政治風格碰上政治現實時，國家領導人除非有「魔術般的好運」，否則，挫敗乃是必然；要避免全面挫敗，暫時的妥協讓步則在所難免。柯林頓的健保方案，小布希的減稅方案，可作如是觀；陳水扁的核四政策，不論是情節或結局，也幾乎如出一轍。

權力的挫折或信念的挫折，雖是現實政治下的無奈，但挫折衹是分段的句點，柯林頓寫的八年歷史，並不因一個句點而中斷，其他段落反而愈寫愈好；小柯能，阿扁當然也能。

現代版的族閥主義

愈民主的社會，「族閥主義」（nepotism）就愈不盛行，甚至絕跡。但這衹是理論，實際並非如此，連民主老大哥的美國，也不時可見「族閥主義」的痕跡。

小布希所選的閣員，除了少數幾位極右派外，一般的評價都還不差，尤其他對女性與少數族裔的重視，更超越歷任總統。連知名的自由派專欄作家布洛德（David Broader）都肯定他擺脫掉「親信主義」（cronyism）的色彩。不過，他任命的「聯邦傳播委員會」（FCC）主席，卻還是被人痛批是「族閥主義」的產物。

才剛上任沒幾天的FCC主席名叫邁可．鮑爾（Michael Powell），時年三十歲，之前他是FCC的五位委員之一；在FCC之前，他曾在司法部專責反托拉斯的業務。

FCC是一個獨立的聯邦機構，向國會負責，五位委員均由總統提名並經參議院同意後任命，專司電台、電視、電纜、衛星與有線等傳播業務的登記管理，地位有如電信傳播的龍頭老大，例如，二〇〇〇年「美國線上」與「華納」的世紀合併案，就必須FCC拍板才能定案。

三十歲的邁可．鮑爾，能當上手操全美電信傳播生殺大權的聯邦機構的主席，雖然並非全靠倖進，但他的任命所以被人譏評是「族閥主義」的殘餘，主要是因爲他有一位全球赫赫有名的老爸柯林．鮑爾（Colin Powell），老鮑爾是公認的美國英雄，也是小布希視若股肱的現任國務卿。

小鮑爾是否曾「因父之名」而平步青雲？答案是肯定的。他能當上FCC的委員，全靠參議員麥肯的推薦。麥肯是老鮑爾的好友，但他們老友二人都是當時最熱門的共和黨總統人選，他不次拔擢老友之子，不無以人情換取支持之意。

同黨的麥肯力捧老鮑爾之子，也許是人之常情，但當小鮑爾任命案通過後，當時的副總統高爾卻遠從外州趕到老鮑爾辦的一場慶賀宴上，並且史無前例的在宴席中間替小鮑爾主持宣誓，可見連高爾也要極盡所能地去巴結老鮑爾。

但老小鮑爾最被人批評的並非他們父子聯手演出的這齣新豪門大戲。依規定，FCC的委員絕對禁止有任何與FCC業務相關的財務利益掛勾。但老鮑爾在兒子當上委員後不久，就出任「美國線上」的董事，而小鮑爾無巧不巧又是五位委員中最贊成「美國線上」與「華納」合併的一位。更離譜的是，老鮑爾在公司中又擁有大約四百萬美元左右的股票，難脫利益掛勾之嫌。這種「子因父而貴，父因子而富」的「族閥主義」現代版，才是最受人詬病之處。

希拉蕊因夫之名選上參議員，趙小蘭因夫之名當上勞工部長（雖然有點冤枉她），小布希因父之名當上總統（雖然也太小看了他），小鮑爾也因父之名當上FCC主席，再加上英國王子威廉又開始跟小布希的漂亮侄女蘿琳互通e-mail，也難怪美國媒體上常出現「族閥主義」與「王室政治」這種久違的字眼。

連美國都如此，台灣二〇〇一年底選舉時「族閥主義」大行其道，又何怪之有？祇不過卻苦了那些沒有「族閥聯結」的尋常候選人。

最可怕的一種謊言

一切問題都從一句謊言開始。

有些人被歸類爲「有特權的說謊者」，間諜可以說謊，談戀愛的人會說謊，外交官也沒有不說謊的。但政治人物卻被人期待不該說謊，也沒有說謊的特權。

然而要政客永不說謊，就像要猴子永不爬樹、蠍子永不螫人一樣，絕不可能。美國一位學者講過一句話：戰場上的將領不說謊，政治的領導人不說謊，那是「國家神話」。

研究美國已故總統詹森的學者發現，詹森任內的白宮，「被密密麻麻的謊言蜘蛛網層層包圍」。他公開說已下令暫停轟炸北越，但事實正好相反；他保證絕不送美國子弟上戰場送死，但越戰卻在他手上逐步擴大；他向國會指稱美國軍艦被北越兩度擊沉，但事後卻被人懷疑是爲了擴權而謊報軍情。

但可怕的是，他說了那麼多年那麼多謊話，美國老百姓卻寧可相信他，也不相信報導戰爭眞相的那些媒體，有些人甚至還指控媒體在說謊。

這些「詹森專家」指出，跑白宮的記者「日復一日，案復一案」的近身觀察，發現說謊已經成了詹森的一種疾病，這個疾病就像癌症一樣在快速的蔓延。但當他們嘗試告訴大眾這個眞相時，結果不但觸怒了總統，也得罪了讀者，媒體的信用更受到影響。一直到越戰眞相「直達每個家庭的客廳」後，美國大眾才恍然大悟到底誰在說謊。

但跟尼克森相比，詹森的說謊本領要遜得太多。水門醜聞爆發伊始，尼克森言之鑿鑿辯稱此案與白宮無涉，也與共和黨無關。一直到快一年後，他的三位白宮親信爲了「棄車保帥」在同一天連袂辭職，他也撤換了一位不聽話的司法部長後，他還敢發表全國電視演說，謊稱「朕躬無罪，罪在幕僚」，在「企鵝出版」的《謊言之書》中，尼克森的這場演說被稱之爲「二十世紀目睹之最壯觀的說謊範本」。

尼克森的謊言之所以那麼「壯觀」，主要是因爲他明明是犯罪的主謀，但他卻能不斷的自我催眠，到最後竟然把自己催眠成好像他眞的是一個無辜的受害者一樣。他在電視演說中可以面無愧色的說，「我從新聞報導中才得知此事」，「我對此種愚昧、非法的罪行驚嚇不已」，「我要求所屬全力配合調查，說出眞相」，「在我任內，此案必將調查到底，正義終將實現」，他還講了一句名言「There can be no whitewash in the White

House.」（白宮絕無掩飾），來證明他的清白無瑕。

他說的這幾句話，雖然沒一句是事實，但他在演說時，卻表示這些話句句發自內心，連他自己也深受感動。說謊能說到眞忘了自己曾經說過的話與做過的事，這種本領簡直已臻化境，確實百年難得一見。

在各式各樣的謊言類型中，這種「自我催眠」、「自以爲是」、「自我合理化」的謊言，最可怕，也最難分辨眞假。如果說謊者又是位高權重的政客，他的權力、地位、知名度與影響力，更讓謊言聽起來像眞話一樣。

但一切問題以謊言始，也以謊言終。「當眞相還在穿鞋子時，謊言已經環繞地球一周半了。」馬克吐溫這句話，雖然讓說謊的人難免心存僥倖，但「正義終將實現」，尼克森在那麼多謊言中，總算講了一句眞話。

韋伯的烏托邦祇是一個夢

八十多年前，韋伯與德國興登堡大元帥的副手魯登道夫將軍，對「民主」有過這樣的一段對話：

魯：你所謂的民主是什麼?

韋：在民主體制裡，人民選出一個他們所信賴的領袖，然後，那位被選出來的領袖說：「現在閉上嘴，聽我的。」於是人民和政黨都再不能干涉他的事情。

韋伯當年對民主所下的這個定義，雖然並不符合現代民主的眞義，但任何民選的國家領袖，大概都難免會對「現在閉上嘴，聽我的」這種絕對權力的擁有，抱有「雖不能至，但心嚮往之」的幻想。

韋伯描繪的民主烏托邦，即使遙不可及，但大多數民選國家領導人，卻仍然不放棄對另一種內涵的絕對權力的追求。他們期望自己所屬的政黨是國會的絕對多數黨；同黨的同志也與領導人的口徑一致；而在野黨最好是四分五裂，天天忙於內鬥；如果有影響力的幾家主流媒體也能抓緊政治正確的價值，都被馴化到野無異聲的地步，那更是夢寐以求。

每一個國家領導人，尤其是有強烈使命感的領導人，都可能作過這樣的美夢，現在的阿扁總統，當然也不會例外。

但夢終究是夢，民選的國家領導人如果眞的擁有絕對權力，這樣的民主不是假民主，就是半民主。眞正的民主是國家領導人祇擁有相對的權力，不但朝有雜音，野也有異聲，但他卻能憑藉領導風格與統治能力，扮演好治國者的角色。

但祇擁有相對權力的國家領導人，卻必須要有一個基本的體認：擁有絕對權力的人，也許可以靠「信念倫理」作爲治國的準則，但他卻要把「責任倫理」擺在「信念倫理」的前面，否則，連他的那些相對權力都可能受到掣肘。

韋伯所說的信念倫理，用更淺顯的話來說，指的就是神主牌，就是所謂的基本教義。但信念倫理是出自「我不會錯」的心理，有非常強的排他性，民主國家的領導人如果祇憑信念倫理治國，而棄責任倫理於不顧的話，治國之路一定走得既崎嶇又艱辛，而且危機重重。

舉例來說，許多人都誤以爲柯林頓當總統一開始走的就是中間路線，但事實並非如此。小柯是一個有很強信念的人，他的權力伴侶希拉蕊更被尼克森形容爲不折不扣的「赤紅分子」，可見當年的白宮一定是奉信念倫理爲治國準則。但一則因爲基本教義不足以治國，再加上民主黨在國會淪爲少數黨後，柯林頓才改走中間路線，責任倫理也開始凌駕信念倫理之上。

但阿扁現在走的路卻正好相反。全民政府這條路走了幾個月後，才發覺是一條死胡同，逼得阿扁不得不回頭另尋新路。但新路在哪裡？是否該走回基本教義的路子？信念倫理是否會取責任倫理而代之？這些疑問現在都還沒有答案，大家都在等待阿扁的抉擇。

民眾在等阿扁抉擇，但阿扁卻顯然並不急著現在就作抉擇，他還在等待，等待民進黨變成國會多數黨的美夢成眞，讓他擁有更大的權力後，他再作抉擇。但治國而不做抉擇，則國將何治？而且台灣民眾還能忍受多久？阿扁想等，台灣能等嗎？

別再作絕對權力的大夢吧！

阿扁要趕快尋找「六院士」

阿扁的個性一向很火爆，喜怒也常形之於色，但從台北市長落選後，他卻表現得十分謙沖自抑，姿態擺得既低又軟，讓許多人都很不習慣。

但他隱藏了好長一段時間的自我，最近終於還是忍不住又跳了出來。他在就任後第四次記者會中，左打馬英九，右批政府官僚，不論遣詞用字或語氣神情，都是扁味十足。有人說，以前他隱藏自我，是爲了「讓阿扁像總統」，現在他本性流露，卻是爲了「讓總統像阿扁」。

阿扁的這種轉變，可以解讀說他是本性難移，也可以說他權位穩固，再已無所顧忌，但更表示他已經急了、躁了、不耐煩了，他準備跳到第一線親自發號施令。他說不排除召開國安會財經會談，就是他即將「下海操盤」的預告。

但總統親自操盤又能如何？唐內閣的財、主、經、金幾位閣員，都曾是阿扁競選時的財經班子，這個班子沒搞好內閣的財經決策，同樣一批人馬又拉到總統府去開財經會談，怎麼可能會開出不同的結果？

如果總統府財經會談要作出不同於內閣的決策，祇有在兩種情形下才有可能，一是阿扁像學農經出身的李登輝一樣，對財經決策心中自有定見，二是阿扁擁有嫻熟財經的幕僚或顧問給他提供決策建議。

第一種情形顯然是不可能，第二種情形也祇有他重新延攬另一批全新的顧問或幕僚後，才有可能。但問題是，阿扁要從哪裡去找到那麼多不同於內閣財經閣員的人？如果這些人比現在的財經閣員更好，他何不乾脆讓他們入閣，取舊閣員而代之算了？

蔣經國當總統時，除了有李國鼎、俞國華、孫運璿等財經技術官僚，替他處理內閣財經決策外，另外還有一批不當官的財經學者，幫他籌畫財經的改革大計。比方說，當時有「財經六院士」之稱的蔣碩傑、劉大中、費景漢、刁錦寰等中研院院士，都曾經參與蔣經國財經大政的設計。

但老的「財經六院士」早已凋零殆盡，新的「財經六院士」又在哪裡？

阿扁如果能找到像「六院士」這樣蜚聲國際的財經學者，當他的財經頭腦，請他們作結構性的政策研究，或者三不五時就向他提供技術性的政策建議，或許總統府財經會談的召開，才有點價值，否則多了一個財經會談，祇不過是多了一個層級，多了一道程序而已，開了也是白開。

阿扁如果眞想親自操盤財經決策，他就必須立刻展開「尋找六院士」的行動，否則他還是不要介入的好，免得外行領導內行，權力大於專業，介入比不介入，結果更糟。

郝柏村不失厚道

老一輩的政治人物，即使彼此鬥了一輩子，甚至鬥得你死我活，但他們對恩怨是非，在大關大節之處，卻還分得清清楚楚。

張學良被蔣介石軟禁了大半生，說他心中沒有恨，也沒有怨，那是自欺欺人。但老蔣死後，他寫的那副輓聯，「關懷之殷情同骨肉，政見之爭宛若仇讎」，卻顯然是有恩有怨，公私分明。

另外，郝柏村跟李登輝的關係，從肝膽相照到肝膽俱裂，堂堂閣揆硬是被鬥爭下台，按理說他對李登輝一定是恨之入骨，祇要逮到機會就會有仇必報才對。

但當他被人問到李登輝是否介入尹清楓案的軍購弊案時，他的答覆卻是「憑良心講，我不相信李登輝會介入」，不但斬釘截鐵，毫不語帶保留，而且還加上一句，「李登輝相當尊重我的專業意見，從不曾干預軍購決策。」

郝柏村不僅替他的「最恨」澄清謠言，連跟他一向不合的劉和謙，他也力保說「劉和謙的操守沒有問題」，跟軍購弊案並無關係。

但在他替李、劉澄清的同時，郝柏村卻照批李登輝任用將領傾向流派化，並且說劉和謙「對我不好，幫李登輝做打手」，才智僅止於當個總司令而已等等，是是非非，涇渭分明。

政治人物，尤其是互爲政敵的兩造，一向是處於緊張的攻防關係，任何人祇要逮到了對方的小辮子，一定會卯盡全力痛批到底，絕不可能手軟，輕易放人一馬；即使祇有一分證據，也要講十分的話，小文章硬作成大文章，甚至沒有的事，也會羅織編造得煞有其事。

以軍購弊案來說，外界有關總統府介入的傳聞不斷，劉和謙甚至還被列入限制出境的名單之中，郝柏村如果眞有意報仇，碰到這種天賜良機，此時不報，更待何時？

他即使不惡意的落井下石，附和呼應外界不利於李、劉二人的傳聞，祇要他含含糊糊地說幾句類似「有沒有問題，我不清楚」、「檢調單位既然有所懷疑，說不定眞有什麼問題」，或者「無風不起浪，當事人自己心知肚明」這樣的話，就夠讓李、劉難堪了，也足以讓社會大眾對他們有無涉案，充滿了想像的空間，而且絕對沒有人會因此而批評他抹黑造謠。但他能做而未做，可見霸氣十足的郝大將也有不失厚道之處。

李郝關係自從以決裂收場後，這幾年祇要一談到對方，都是不屑之情溢於言表，惡言相向也不足爲奇，彼此之間的恩怨是非情仇，到最後祇剩下了「負面的一半」，能否定對方則否定，能說壞話就絕不說一句好話，說他們宛若仇讎，毫不誇張。

但郝柏村卻在兩大仇讎處於困境之時，幫他們講了幾句好話。他現在雖然祇是一個過氣的政治人物，但他能打破政敵——尤其是決裂的政敵——的敵我模式，把是非置於恩怨之上，卻是一個值得肯定的示範。

祇是不知道，李登輝與劉和謙心中作何感想？其他政治人物又有何感受？

新總統與老總統的親密關係

柯林頓剛當總統時，美國有五位前任總統還活著，但雷根罹患老人痴呆症，福特與布希淡出政治，卡特雖然很活躍，但影響小柯最大的卻是跟他分屬不同政黨、不同世代甚至曾被他視爲政治恥辱象徵的尼克森。

尼克森自水門醜聞後，消沉了十幾年，他的後任個個都對他避之唯恐不及，他不但不是白宮的座上常客，連他的同黨華府政客也跟他保持距離，以策安全，更遑論把他視爲元老政治家，向他請益國事。

小柯最初也把尼克森當成拒絕往來戶，他在上任一、二個月後，連一通禮貌性的電話都沒打給尼克森，但急於東山再起的尼克森卻想盡辦法要搭上小柯。

他在《紐約時報》上寫專欄警告新政府，又寫祕密備忘錄給小柯身邊的華府新貴，並且發動兩黨國會議員力勸新總統必須要跟他見面，可說無所不用其極。柯林頓最後在

「孤立他不如拉攏他」的考慮，終於屈服於尼克森軟硬兼施的攻勢下，把這位不名譽下台的前任總統請進白宮。

尼克森與柯林頓本來是兩個極端，一個是「冷戰先生」，越戰的罪魁禍首之一；另一個卻是反越戰的逃兵，他的太太希拉蕊還曾經參與國會的水門案調查，並且被尼克森視爲「赤透透」的極左女性。因此，在「尼柯會」曝光後，華府一片譁然，每個人都大呼不可思議。

事實上，第一次的尼柯會，讓八十歲的尼克森備感屈辱。小柯當時開出的見面三條件是：尼克森必須走後門進出白宮，不拍照，不准記者在場，條件之苛，幾乎已到失禮的地步，但想當「總統師」想瘋了的尼克森，仍答應含辱進入白宮。

自初次會面到尼克森過世前，尼克森大約當了小柯一年多的國師，尤其在對俄政策上，新總統對老總統幾乎是言聽計從，尼克森不但被人戲稱是美國外交政策的影子總統、影子國務卿，他也是小柯的特使，以及白宮在國會山莊的對俄政策首席發言人與最有力的援俄遊說者。他對柯林頓的影響力，比對同黨的福特、雷根與布希還要大。有人說他是當代最有影響力的卸任總統，他的確當之無愧。

李登輝現在跟陳水扁的關係，也頗有當年尼柯關係的味道。阿扁上任後，曾經數度到鴻禧山莊登門求教，在政權轉換初期，現任總統向前任請益，本來並無可厚非，但阿扁請益次數之多，卻多得讓人意外，可見在阿扁心目中，李登輝不祇是元老政治家或前任總統而已，說他是阿扁眞正的國師，一點也不誇張；許多人從阿扁的言行中看到李登輝的影子，也的確其來有自。

李登輝曾說他在卸任後，仍會以元老的身分繼續關心政治，但從他跟阿扁的關係來看，他對政治顯然不祇是關心而已，而是餘威猶存，他在某些政策上對阿扁的影響力，是否大到影子總統的地步，目前不得而知，但台灣的李登輝時代仍未完全結束，陳水扁時代尚未眞正來臨，卻是不爭的事實。

布希當年對尼克森幫異黨的柯林頓，而不幫同黨的他，甚至還常常批評他，內心很不是滋味；連戰現在的心情想必也是如此。但這樣親密的李扁關係，對阿扁究竟是利是弊，坦白說還很難講。

不要當阿扁的 baby sitter

做一個國家領導人，陳水扁跟其他人相比，有什麼不足之處？先談年齡。美國歷任總統中有八位當選時未滿五十歲，其中最年輕的四位是：老羅斯福四十二歲，甘迺迪四十三歲，柯林頓與格蘭特都是四十六歲。布萊爾當英國首相時四十四歲，陳水扁則是四十九歲。

再談政治資歷。陳水扁當總統前，從政歷史有十九年，曾做過市議員、立委、直轄市長。布萊爾從政十四年後當選首相，其間祇做過下院議員與工黨黨魁。而小布希雖然幫過他父親競選，自己也一度選眾議員落敗，但他的政治資歷事實上祇有不到兩任的德州州長，時間才短短六年。

三談政黨輪替。柯林頓當總統前十二年，白宮主人都是共和黨。布萊爾當首相前，唐寧街十號被保守黨霸占十八年。施洛德當德國總理前，柯爾的基民黨執政也長達十六年。而陳水扁則是打敗了國民黨在台灣執政半世紀的紀錄。

四談國會生態。尼克森與老布希當總統時，他們所屬的共和黨在參眾兩院都是少數黨。雷根則先是眾議院，執政六年後連參議院也淪於民主黨之手。而柯林頓則是在任內第二年就把參眾兩院都丟掉了。陳水扁也是執政開始就掌控不住國會。

從上述四項比較可知，陳水扁當總統時並不算年輕；政治資歷比許多人還要好很多；面臨的國會生態也不算最壞；唯一比其他人要差的是，在他之前，國民黨等於是執政黨的代名詞，民進黨從來沒有治國的經驗。

但撇開政黨的治國經驗不談，任何政治人物如果能靠民選當上國家領導人，都不應該是等閒之輩或僥倖得之，他們個人的主觀條件，以及大多數民眾的客觀期待，必須要相互呼應才有以致之，兩者缺一不可，布萊爾、柯林頓、施洛德等人因此而上台，陳水扁亦復如是。

由此可知，如果民選的國家領導人把執政失敗的責任，不管是歸咎於年齡、政治資歷、政黨輪替或國會生態其中任何一項原因，都是太低估了自己的主觀條件，也太高估了外在的客觀環境。

以國會生態而言，尼克森、雷根與柯林頓在國會山莊都是少數黨，多數黨對他們的杯葛掣肘雖然不遺餘力，雷根因此而成爲歷史上動用否決權次數排名第十的總統，小柯任內甚至還發生聯邦政府因白宮與國會互鬥而兩度關門的歷史性風波。但他們不但都連任成功，美國的內政或外交在他們任內也迭有表現，並未因國會的淪陷而一事無成。

李登輝老而彌堅，雖然其心可感，其志可嘉，但他現在儼然以陳水扁與民進黨的baby sitter自居，卻顯然有太強烈的家父長制味道，關心阿扁的人千萬不能像李登輝一樣，也把他們支持的人當成baby，去呵之護之，無微不至，否則，愛之適足以害之，「在野的巨人」永遠祇能做「在朝的嬰兒」。

美國海德曼，台灣蘇志誠

曾經在三十歲剛出頭就當上柯林頓顧問的史蒂芬諾普洛斯（George Stephanopoulos），在他寫的白宮回憶錄中，有一章的章名很有趣：「那個周末，我成了海德曼」。

海德曼（**H. R. Haldeman**）是何許人？他曾是尼克森的白宮幕僚長，權傾一時，但因爲涉及水門醜聞而被判刑坐牢。

小史說他成了海德曼又意所何指？水門案雖是醜聞，但它對美國政治卻留下許多貢獻，其中之一就是「水門語彙」的發明與留傳；例如「深喉嚨」即泛指匿名的洩密者；「冒煙的槍」是指可疑的罪證；「海德曼」也從特定的人名變成一個代名詞，凡是替總統說謊、掩飾罪行的親信幕僚，一律可用「海德曼」來概括稱之。

小史自稱是海德曼，是因爲他當時在不知內情的狀況下，全力替柯林頓撇清他在寶拉．瓊絲緋聞案中的角色，但事後他才發覺自己像海德曼一樣，根本在替總統撒謊。

但要當「海德曼」並不是那麼簡單。他必須要是總統的親信，而且還要是親信中的親信，有權力上達天聽的親信，甚至根本就是總統陰暗面的化身。海德曼就曾經講過一句名言：「每個總統的身邊都要有一個Son of a Bitch（混蛋），而我就是尼克森的那個SOB。」可見並不是每一個國王人馬都夠條件當「海德曼」。

而「海德曼」的權力，並不是來自於他的職位。他可以像海德曼一樣貴為白宮幕僚長，也可以像史蒂芬諾普洛斯一樣，只掛個可大可小的顧問頭銜，甚至只是總統身邊的一個小祕書也可以，只要他跟總統的「權力距離」近在咫尺，他擁有總統的耳朵，他控制總統的資訊來源，或者他是總統的傳聲筒。在具備這些條件後，而總統又不加以節制的話，「海德曼」的權力可以大到無限膨脹的程度。

另外，「海德曼」一定是所謂的「內官」。他身處於深宮大內之中，他唯一的工作就是承總統之命辦事，「外官」視他，也是以總統的代表或使者視之。但因為內官的權力常有自我擴張的特性，再加上內官當久了替身，也難免會誤以為自己已經成了本尊，因此內官越界干政甚至亂政的弊端，史不絕書，美國如此，台灣亦然。

台灣的蘇志誠雖然還稱不上是「海德曼」，但因為十二年間他把總統親信的內官角色，發揮到的程度，蘇志誠這個特定人名，現在也變成了一個具有某種特殊意義的代名詞；阿扁新政府就是因爲不想讓馬永成變成「蘇志誠」，所以才考慮將總統府祕書室主任這個職務廢除。

總統府組織法中本來就無祕書室主任這個官位，廢除並無妨，但馬永成或任何其他人如果不想讓自己成了「蘇志誠」，跟他們當不當祕書室主任完全無關，想當「蘇志誠」任何內官的職位都能當；不想當「蘇志誠」，即使同樣掛名當主任，又有何妨？

史蒂芬諾普洛斯在處理寶拉．瓊絲的緋聞案過程中，因爲警覺到自己已成了「海德曼」，他還特別去找了海德曼寫的《水門日記》這本書來看，愈看他愈心驚膽跳，他不但將這本書推薦給當時的白宮幕僚長潘尼達看，希望他能從水門歷史中學到危機處理的教訓，同時他自己也下定決心不想再當另一次「海德曼」，因此在陸文斯基這件緋聞案尚未爆發之前，他就決定告別白宮，寧做史蒂芬諾普洛斯，不做柯林頓的SOB「海德曼」。

馬永成會不會變成「蘇志誠」，關鍵不在頭銜，而在於他有沒有警覺，有沒有像史蒂芬諾普洛斯一樣，願意從歷史中去學習教訓。

膽子夠大，腦子太小

尼克森曾經認爲一個國家領導人必須具備三項條件，頭腦、膽識與一副好心腸，三者缺一不可。

領導人有腦有膽但卻沒心，這是獨夫；有腦有心但無膽，則是懦夫；有心有膽但無腦，如果不是莽夫，就是笨蛋。

民進黨政府廢核四，乃是意料中事，而且廢核四有理想性，也有道德性，對阿扁來說，廢核四本來應該是他手中的一副好牌才對。但出人意料的是，這副好牌竟然被他自己打成了一副爛牌，廢核廢到在野黨同仇敵愾大串聯，甚至還可能廢了自己，可見阿扁顯然犯了有膽有心但卻無腦的致命錯誤。

民進黨領導人都經歷過提著腦袋搞革命的亡命生涯，他們的膽子當然夠大，但如果領導人的膽子太大，大到膽指揮腦，甚至膽取腦而代之的地步，結果一定會出問題。

膽大腦小的決策模式，通常都會忽略「風險計算」這道程序。誰做決策？如何決策？何時決策？其中都有風險，少了任何一項風險的計算，不論是選錯人決策，選錯方法決策，或者選錯時機決策，都是錯誤甚至失敗的決策。扁政府廢核四之所以引發這麼嚴重的政潮，就是因爲選錯了決策時機。

膽大腦小的決策模式，還會犯下戰術壓過戰略，或者戰術否定戰略的錯誤。在廢核四決策宣布前，扁政府的政治戰略是一種懷柔的戰略，拚命想營造朝野和解的氣氛。既然戰略目標是懷柔，戰術手段就必須與此呼應，否則，強硬的戰術手段一定無法完成懷柔的戰略目標。

另外，在膽大腦小的決策模式中，決策者通常都不會「把自己放進別人的鞋子裡」，他們祇有「我怎麼想」的考慮，而沒有「別人怎麼想」的考慮，阿扁這次如果把自己放進連戰的鞋子裡，連戰大概也不會惱羞成怒到非要決一死戰不可的地步。

扁政府錯誤的決策模式，讓他們面臨了統治危機，但他們處理危機的策略，同樣又犯了膽大腦小的錯誤。阿扁在台南同鄉會上那場慷慨激昂的戰鬥動員味十足的演說；吳乃仁嘲諷蕭萬長也曾被李登輝打過耳光的談話；再加上呂秀蓮又在台中一中聲色俱厲的批連打宋，罵得是既痛快又過癮，夠膽也夠勇，但毫無疑問卻像火上加油，更擴大了危機。

在野黨爲了廢核四而搞罷免，雖然明顯搞過了頭，扁政府將來即使能從罷免政潮中全身而退，但如果他們還不改膽大腦小的決策模式，危機隨時還會叩門而至。

阿扁在寫亞瑟王傳奇?!

全世界大概很少人沒有聽過亞瑟王和圓桌武士的故事，這篇流傳至今已有一千年歷史的英國民間傳奇，不但滿足了世世代代許多人崇拜英雄的心理，亞瑟王的宮廷所在地「卡美樂」（Camelot），更成爲全世界通用的一個代名詞：任何一個具有年輕、魅力、聰慧與理想等特質的王朝或政權，都可能被人用「卡美樂」來形容。

甘迺迪在六〇年代當選總統後，因爲他個人亞瑟王式的英雄魅力，再加上他又延攬了一大批由美國主流階層推薦的年輕知識菁英與企業菁英入朝爲官，許多人便以「卡美樂」來形容他的新政府。柯林頓初進白宮時，也因爲有人說他是九〇年代的甘迺迪，他跟他的阿肯色幫所組成的政府，因此也被人形容爲「另一個卡美樂」的誕生。

除了美國這兩個例子之外，其實十個世紀以來，全世界曾經出現過無數個大大小小的「卡美樂」，距離英國萬里之遙的台灣，終於也在最近出現了一篇台灣版的亞瑟王傳奇。

陳水扁跟甘迺迪與柯林頓一樣，都是魅力型的年輕政治領袖，也兼具英雄與明星的特質；再加上阿扁的國政顧問團，每個人都是專業領域中的頂尖人物，美國的知名作家赫伯斯坦（David Halberstam）曾經以「最好的與最聰明的」（The Best And The Brightest）來形容小甘身邊的那批菁英，跟小甘相比，阿扁的國政顧問團素質，事實上也不遑多讓，如果說阿扁跟他的國政顧問團的關係，就像亞瑟王跟圓桌武士團一樣，大概也不算誇張。

但天下沒有不腐化的權力，歷史上也沒有不變質的「卡美樂」，亞瑟王的卡美樂是如此，小甘與小柯的卡美樂亦復如是，類似「失落的卡美樂」或「卡美樂的黑暗面」這樣的評語，在歷史家的筆下屢見不鮮。

以甘迺迪爲例。他跟他的圓桌武士團，俱屬一時俊彥，素質之高絕對是前無古人。但也由於他們自以爲「舉國菁英盡萃於斯」，這種心理上的過度自信與知識上的傲慢，讓他的「卡美樂」成員產生了權力與智慧都高人一等的錯覺，並且誤以爲他們少數菁英即代表了多數民意，久而久之不但讓他們的決策性格日趨封閉，最後甚至連輿論也充耳不聞，美國陷入越戰而難以自拔，就是甘迺迪與他的圓桌武士團種下的禍因。

阿扁現在的新政府雖然標榜「全民政府，清流共治」，但全民政府是虛，清流共治是實，而清流共治事實上就是菁英決策，菁英決策雖然比國民黨時期的一人乾綱獨斷或少數寡頭決策，要更具民主性格，但甘迺迪政府的殷鑑，阿扁跟他的圓桌武士團卻必須牢記於心。

再加上台灣社會過去數十年所累積的進步性與批判性的勢力，這次很可能被阿扁新政府吸納或收編殆盡，許多人不是入朝爲官，就是扮演半體制性的顧問智囊，或者成爲新政府的外圍延伸，其結果便是「卡美樂」內外從此很難再聽到質疑的聲音。

其實，阿扁在當台北市長那四年，就曾經經歷過類似這樣的處境，他現在正在寫的這篇台灣版亞瑟王傳奇，會不會又出現相同的情節？這是他跟他的圓桌武士們在政權交接之前，就該做好的心理準備。否則，台灣的「卡美樂」祇不過是大家的一個幻覺，未誕生就宣告死亡。

李登輝對不起吳大猷

吳大猷與李遠哲是前後任的中央研究院院長，但一樣的院長，卻有不一樣的際遇。老院長退休後，門前冷落車馬稀，連他死後到他靈堂致哀的人，也寥寥無幾。但現任院長六年來一直炙手可熱，熱到即使總統選舉不關他的事，他也天天被人追著跑，甚至他的一言一行還可能左右選舉的結果。

死後的際遇，不管再怎麼樣，反正吳大猷已看不到，但在他過世前幾年，老先生對「世態炎涼」這四個字，大概早已有刻骨銘心的感受。

據沈君山說，吳大猷自中研院退休後，雖然獲聘爲有給職的資政，但在蔣彥士不當總統府秘書長後，這幾年已改聘爲無給職，空有資政頭銜，卻沒有半文錢收入，連他生病住院時，也爲了要省錢，不敢住好一點的病房，後來經過李遠哲的幫忙才獲改善。

按照規定，總統府的資政共有三十人，其中有給職與無給職各有十五人，而有給職的十五位資政，通常都是做過院長級的職務，但退休後又無收入的大老，孫運璿是如此，吳大猷當初也是如此。

但在這些有給職資政中，其中有許多人即使自己沒有收入，也有家人可以供養他們，例如謝東閔、李煥、倪文亞、邱創煥等人，反而是吳大猷，兩袖清風一生，說他是最窮的資政，一點也不誇張。

認識吳大猷的人，都知道他一生粗茶淡飯，穿的也永遠是那幾套過時的西裝。二十多年前，我當記者時，爲了寫一篇孔令晟當警政署長的報導，特別去訪問孔令晟在北大化學系時的老師吳大猷。老先生當時住在台北廣州街廣博大樓的宿舍裡，我去的時候，他正好在吃午飯，十幾個水餃一下子就囫圇下肚，連一碟小菜都沒有，事實上，他數十年來大概都是如此，可見他過的是多麼低限要求的一種生活。

吳大猷一生清苦，眾人皆知，李登輝當初既聘他爲有給職資政，一定也是認爲他有經濟上的需要，但老先生後來並沒有發財，經濟來源也沒任何改變，李登輝卻又改聘他爲無給職資政，反而將他空出來的有給職名額，讓給生活無虞的其他人，個中原因實在令人費解。

總統聘任資政、國策顧問或戰略顧問，目的不是爲了酬庸，就是爲了拉攏，以吳大猷對台灣科學，甚至中國科學或世界科學的貢獻，他絕對比任何人更有被酬庸的資格，國家或政府雖然沒有義務去供養每一位退休的老人，但棄吳大猷這位清苦的學界大老於不養，卻花錢去養比他有錢的政界大老，李登輝實在太對不起吳大猷了。

但就像任何一位國之大老一樣，吳大猷雖然晚景孤獨清寒，死後卻一定是備極哀榮，可以想見，在他的公祭儀式中，上自總統下至文武百官，一定都會前來拜祭，並且會講一些偉大的歌功頌德之辭，也有人會替他覆蓋國旗，甚至追贈什麼勛章等等，但祇要想到他在活著的最後幾年，竟然莫名其妙的被「貶」爲無給職的資政，這一切的言語與動作，不但顯得多餘，而且簡直虛僞作假到令人嘔吐的地步。

人還活著的時候，都棄他不顧，死後即使替他寫再怎麼感人肺腑的墓誌銘，都已毫無意義；更何況，吳大猷是拿金鼎獎獎盃敲碎核桃的那種人，一生視虛名如草芥，死後的榮耀，他怎麼可能稀罕！

坦白成了打贏選戰的超級武器

候選人被逮到小辮子後，通常都是能騙則騙，能拖則拖，非不得已，如果能部分坦白，也絕不會全部坦白。但美國二〇〇〇年總統大選，卻出現了一個世紀末怪現象，每個候選人不但在比誰最坦白，而且都把坦白當成了打贏選戰的超級武器。

最坦白的參選人，大家公認非共和黨的參議員麥肯（John McCain）莫屬。他因爲在打越戰時，曾被北越俘虜，在五年戰俘期間備受刑求折磨，因此有人質疑他的心理狀態並不適合當總統。對這項質疑，麥肯不但坦然面對，而且他更主動公布了一份長達一千五百頁有關他自己的醫療檔案，讓美國選民徹底了解他的就醫紀錄，創下了美國總統選舉史上，可能也是世界歷史上的一個先例。

另外，他在九〇年代初期，曾經涉入一件貸款醜聞，當有人質問他這段歷史時，麥肯也直言不諱的回答說，「這是一件不該做的錯事，我會把它刻在我的墓碑上。」絕不替自己找任何合理化的藉口來文過飾非。

麥肯的坦白，讓他被美國媒體封為「完全不設防的總統候選人」，他不但有錯就認，而且認得乾乾淨淨、徹徹底底，也逼得其他候選人不得不加入這場坦白大賽，《紐約時報》甚至還刊出了一篇標題為「候選人可能太坦白了」的專欄，來描述這次大選的怪現象。

美國社會由於以前有說謊的尼克森，近期有說謊的柯林頓，大家被騙夠了，所以選民對政治人物，尤其是總統候選人的人格特質，完全縮小到誠實這個單一議題上面，他們雖然曾經有過一位從來不曾說謊，但卻令人乏味透頂的卡特總統，但在說謊與乏味之間，美國選民還是寧選後者。

拿麥肯的例子來看宋楚瑜處理票券風波的過程，從他自己一開始的不坦白，以及事後證明他的發言人公然說謊，再到他召開記者會的部分坦白，都可以看出宋楚瑜仍是依循隱瞞／掩飾／拖延／說謊／被迫坦白／部分坦白這套舊的圓謊邏輯在運作。

這套邏輯雖然曾經讓很多政治人物，僥倖逃過一劫，但政治人物被迫坦白，已經讓他的人格蒙上了污點，如果事後又證明他的被迫坦白，事實上祇是部分的坦白，另一部分不但還是謊言，甚至是更大的謊言，他的人格不但破產，政治生命也將立刻宣告壽終正寢。

宋楚瑜雖然一向自豪不沾鍋，但他當年選省長時所申報的競選經費，竟然跟中選會規定的上限，連一毛錢也不差，事實上已經讓他有過不誠實的前科，祇是他抵死不認錯；他處理票券風波的手法，也令人不得不問：曾經有過「完美申報」紀錄的宋楚瑜，這次眞的「完全坦白」了嗎？

該辭就辭，說辭就辭

柯林頓剛當選總統時，他帶到白宮的那批「阿肯色幫」親信，因爲搞不懂華府的那套政治遊戲，再加上其中很多人祇有治州經驗，而無治國之才；或者祇有競選經驗，而無治理經驗，曾經一度讓白宮陷入了像瘋人院一樣的混亂狀態。

而且，他的幕僚很多都是二、三十歲左右的年輕人，個個少年得志，心高氣傲，根本不買國會議員、行政官僚與新聞記者的帳，因此替他們的老闆得罪了許多人，也惹了許多連柯林頓也無法擺平的麻煩。

陳水扁入主台北市政府後，他的阿扁團隊也曾面臨同樣的處境。他雖然用人不分黨派，但他的嫡系親信，卻跟柯林頓的阿肯色幫一樣，一方面被別人視爲不懂規矩的外來侵入者，另一方面他們也不屑去玩國民黨的那套權力遊戲，他們那幾年跟議會和媒體的關係，一直像緊繃的弦，稍微用力碰一下，就可能斷掉。

尤其是羅文嘉與馬永成這兩位革命小將，因爲他們是阿扁打天下的革命夥伴，跟阿扁有三位一體的共生關係，看不順眼阿扁的人，常常會故意找他們兩個人的碴，反正一人被打，三人喊痛，打羅、打馬就等於打扁一樣。

作爲阿扁的身外化身，他們雖然知道不能替老闆惹麻煩，但麻煩卻常常從天而降，自己找上門來。尤其是碰到拔河斷臂與喝花酒這類可能有損阿扁形象與前途的大麻煩，羅、馬二人祇能以自我了斷的方式，來保全他們的老闆，這是當化身的宿命，他們別無選擇。

但辭職就跟自殺一樣，一旦付諸行動，結果很可能是一去不返，因此政治人物在面臨辭或不辭的關頭時，就像有自殺念頭的人一樣，一定是左思右想、天人交戰，而且能不死就不死，能晚死絕不早死，能好死絕不慘死，國民黨政治人物的辭職，就一向如此。

羅、馬的辭職，雖然有棄車保帥的效果，而且，他們年輕，來日方長，遲早會有死而復活的一天，辭職並不是末日來臨。但他們該辭就辭、說辭就辭的負責與果斷作風，卻足以讓國民黨政治人物爲之汗顏，國民黨五十年做不到的，他們兩個年輕人三年就做到了。阿扁團隊即使有千錯萬錯，但羅、馬二人能藉著兩次辭職，就立下新世代政治文化的一個範例，卻是值得大書特書的一項紀錄。

懷念黃信介

在美麗島事件二十周年紀念日的時刻，美麗島的老大黃信介卻等不到這一天，就突然撒手人寰，成了這個歷史性時刻的缺席者。

「美麗島」那段歷史，對許多年輕人來說，就像是夏商周一樣久遠的上古史，他們最多祇聞其名，而不知其實，更不會知道「美麗島」在台灣民主運動發展史，占有什麼樣的一個位置。

事實上，七〇年代中期的台灣，出現了許多改變歷史的變化：一九七五年黃信介掛名的《台灣政論》創刊，但出版五期後被迫停刊；七七年舉辦地方選舉，當時的黨外人士獲得空前勝利，更重要的是，這次選舉因國民黨涉嫌作票，而爆發了震驚海內外的「中壢事件」；七八年舉辦增額中央民代改選，黨外人士首度以組織化的方式，到全省各地助選串聯，但選舉卻因台、美斷交而停止；七九年一月，余登發、余瑞言父子，被警備總部以捏造的「涉嫌參與匪諜吳泰安叛亂案」罪名逮捕，隔天，許信良與林義雄等黨外人士，到高雄縣橋頭鄉發動示威遊行。八月，黃信介掛名的《美麗島》雜誌創刊，並在全省各縣市設立服務處，試圖讓黨外成爲一個「沒有黨名的黨」。九月，極右派的《疾風》雜誌成員與《美麗島》對峙衝突，爆發「中泰賓館事件」。

七〇年代中期開始發生的這一連串事件，讓黨外人士與國民黨的極右派勢力，出現兩極對立的變化，黨外不斷升高反國民黨的壓力，而極右派勢力初期雖以外圍組織對抗還擊，但至美麗島事件發生時，卻終於出動軍警特勢力，在事件當天強力鎭壓，事後更展開大逮捕行動，將五十多位黨外菁英一網打盡，分別送進黑牢。

美麗島事件也是國民黨極右派勢力開始抬頭的一個關鍵點，其後王昇勢力的高漲，林宅血案、陳文成命案與江南命案的接連發生，都是軍特橫行與極右派恣意濫權的實例，但也種下了蔣經國日後下決心整肅極右派勢力的種籽。

黃信介在這一連串歷史性事件中，無役不與，而且都是帶頭的老大，當年黨外人士中，比他敢衝的鬥士有施明德等人，比他能想的謀士有許信良與張俊宏等人，黃信介以一個非知識型亦非運動型的人物，而能在這一群江湖好漢中當老大，以及他後來賣土地當黨主席，晚年又以大老身分周旋黨內外，可見他確實有獨特的個人政治魅力特質。

他出獄時已是花甲老翁，這十二年來，他完成了許多夢想，也留下許多遺憾，他的死象徵一個世代的結束。但回想他出獄當天，因爲得知施明德仍未釋放，而拒絕出獄的患難道義表現，以及他當時向典獄長所講的那句話：「幹伊娘，說抓就抓，說放就放，天下哪有這種事！」都令人不禁有音容宛在但典範已逝的感慨。

輯二

政客心中的小凱撒

一頂又大又紅又高的帽子

連戰一生謹小慎微，缺乏大開大闔的個性。別人沒講過的話，他不敢講；別人沒做過的事，他也不敢做。他做人一板一眼，做官也是一樣；別人的言行動輒驚世駭俗，他卻數十年如一日的平淡乏味。

他在政壇幾乎沒有敵人，批評他的人幾十年來祇能挖苦他是阿舍仔，無災無難到公卿，不知民間疾苦；或者嘲諷他曾有打老婆的前科，但除此之外，很難再挖出他有什麼致命的缺點。更何況，他是連橫之後，血統純正，數十年來從來沒有人敢扣他意識形態的大帽子。

但沒想到像他這樣的標準紅五類，竟然也被人扣上了一頂「聯共反台」的紅帽子，而且扣他帽子的人自己還曾是老共產黨員，曾經有派遣密使聯共的前科，又是對他曾有提攜之恩的老長官。台灣雖然一向有扣帽子的文化，但連戰大概連作夢也想不到他會被人扣上這麼可怕的一頂帽子。

在所有的政治鬥爭手段中，扣帽子是鬥爭成本最廉價的一種，幾個字或一句話就可編織成一頂殺人不見血的大帽子。「民主人士」曾是大帽子，「台獨同路人」、「中共同路人」曾是大帽子，「賣台集團」曾是大帽子，都曾流行一時。李登輝製造的這頂「聯共反台」大帽子，想當然也會成爲二〇〇一年選舉的流行。

但扣帽子通常都祇是一種指控，指控的可怕就像卡夫卡小說《審判》中的主角K一樣，K之所以犯罪並非他確有罪行，而是因爲他被人指控有罪。指控根據的雖然常是羅織而來的情況證據，但一般人很難分辨出「指控」與「罪證」之間的差別，被指控的人即使再怎樣替自己不曾犯過的罪行辯護，但犯罪的烙印卻永難抹滅。

而且扣帽子也是最簡化的一種論述邏輯。一九五〇年代的「麥卡錫主義」，大概是世界民主政治史上最大規模的一場扣帽子運動，麥卡錫參議員所製造的「聯共反美」大帽子，從華府的國務院一路扣到加州的好萊塢。那些頭上被扣帽子的人，其中固然有「持卡的赤色分子」，但爲數並不多，反而是那些曾經因好奇偶爾參加過左派聚會，或在左派請願書上簽過名，或發表過同情左派言論的人，被麥卡錫亂扣帽子。結果所有政治上的「異議者」，都被指控成「不忠者」或「叛國者」，許多人直到現在還沒摘掉頭上那頂「聯共反美」的帽子。

麥卡錫當時的扣帽子邏輯便是最簡化的黑白邏輯。凡是不反共者必反美，同情共黨者或參與共黨活動者必是共黨同路人，非黑即白，中間並沒有「灰色人士」，所有「反共但也反美」或「不反共但也不反美」等「灰色人士」，也一律被他扣上「聯共反美」的帽子。

台灣確有少數「聯共反台」的人，但指控連戰也是其中之一，甚至說他是「帶頭老大」，坦白說這不祇是扣連戰的大帽子，而是給一向謹小慎微的連戰戴了一頂高帽子，未免太抬舉了他。

但就像黃主文說的一樣，「李登輝是何許人」，如果連一個資淺參議員的麥卡錫，都可以發動一場由上而下的大規模的政治十字軍；有台灣之父之稱的李登輝，果眞「奉辭伐罪」以「聯共反台」的罪名討伐「連戰一派」的話，二〇〇一年選舉的肅殺之氣必然更甚於往年。但麥卡錫的十字軍證明是一場浩劫，李登輝發動的十字軍有可能不同嗎？其他人扣的帽子祇有幾斤幾兩重，但民主先生扣的帽子卻重千斤萬斤，不要講「連戰一派」戴不動，台灣都可能會被壓垮。這頂帽子還是趁早收回銷燬算了！

阿扁應該學到的決策教訓

二百二十個人，花了六十天時間，商討出三百二十二項共識，然後再交給內閣將共識落實爲政策，變成「救台灣的三百二十二招」，這是台灣在公共政策領域採行「體制外集體決策模式」的第一個例子。

蔣經國時代雖然也曾召開過經革會，但經革會的意見，對政府沒有拘束力，廣開言路的象徵意義大，制定決策的實質功能小。但阿扁召開的經發會，卻正好相反。

另外，李登輝時代雖然也曾召開過體制外的國發會，然而，國發會的目的是修憲，而修憲跟制憲一樣，本來就該匯集各種不同的政治力。但經發會的目的是救經濟，救經濟是公共政策，也是政府當爲應爲的權責與本分，並不需要在體制外匯集各種不同的政治力；退一步說，即使需要，但也不一定非要強制規定經發會的共識，對內閣政策有百分之百的拘束力。由此可見，經發會確實是「體制外集體決策模式」的首例。

一般民主國家的公共政策決策模式，通常都是「體制內少數決策」，不但「體制外集體決策」聞所未聞，連「體制內集體決策」也並不多見。一旦出現集體決策的模式，通常不是領導出了問題，就是體制內的權力關係發生了變化。

蔣經國的十大建設，羅斯福的新政，詹森的大社會，柯林頓的健保方案，小布希的十年減稅方案，布萊爾的公共服務改革方案，小泉純一郎的經改方案等等，都是「體制內少數決策」的產物。決策來自體制內的政府，這是責任政治的必然。

但經發會卻打破了「決策由政府制定，共識在國會形成」的決策程序，決策不但不是由政府制定，而且是先有體制外的共識，然後再有體制內的決策，內閣與國會扮演的祇是執行「體制外集體決策」結果的程序性角色而已。

阿扁也許並沒有讀過中國古代的《淮南王書》，但他召開經發會救經濟的決策模式，卻頗有《淮南王書》中「乘眾勢以為車，御眾智以為馬」、「積力之所舉則無不勝也，眾智之所為則無不成也」的味道。

但不論是「乘眾勢」，或是「御眾智」，都是必須要既一以貫之又表裡如一的治國哲學。阿扁這次雖然以「體制外集體決策模式」，開啟了「共識治國」的先例，但這種決策模式，對阿扁來說顯然祇是治國的權宜之計，而非治國哲學的實踐。否則，救經濟可以如此，救兩岸豈不更該如此？但救經濟尚有共識的可能，救兩岸卻談何容易！經發會

「共識治國」的模式，如果變成絕響，一點也不令人意外。

更何況，「共識治國」並非治國之常態，體制外集體決策也不盡然符合責任政治的原則，但即使將來一切回歸體制，阿扁也應該從這次決策模式中，仔細體會「乘眾勢」與「御眾智」的道理，最起碼也該學到一個教訓：共識治國雖然可遇不可求，但意識形態治國卻絕不可行。

未誕生即死亡的虛幻聯盟

政黨的目標跟壓力團體不一樣，壓力團體是爲了影響權力，但政黨卻是爲了取得權力；如果不是爲了取得權力，政黨就不成其爲政黨。

但權力的取得具有強烈的排他性，就像動物獵食一樣，不同的政黨爲了取得權力，一定會爭得你死我活，這是動物本能使然。

換句話說，在面對選舉時，政黨鬥爭是本能，不鬥爭才是違反本能，而政黨之所以會違反本能，乃是因爲沒有一個政黨擁有贏者通吃的實力，因此祇好分食權力。而政黨分食權力，通常有三種方式：國會聯盟、政府聯盟（聯合政府）以及選舉聯盟。

在這三種聯盟方式中，比較少見的是選舉聯盟（election coalition）。其理由是因爲提名乃是選舉的靈魂，政黨如果選舉不提名，就等於失去了生命。而選舉聯盟卻意味著政黨必須放棄部分的提名，來做爲結盟的交換條件，這種代價對任何一個政黨來說，不可謂不大。

但即使如此，政黨選舉聯盟仍時而可見。法國的社會黨與共產黨等左翼黨派，在一九七〇年代即曾多次組成左翼聯盟，在選舉時聯手對抗右翼的政黨。德國的社會黨與自民黨在同一年代也曾以選舉聯盟的方式，對抗基民黨。日本社會黨則在二次大戰結束後舉辦的第一次選舉中，曾聯合其他無產階級政黨爭取選票。

然而，選舉聯盟不但很難組成，也很難維繫。法國的左翼聯盟雖然靠著共同綱領的簽訂，讓所有左翼政黨維持了十幾年的聯盟關係，創下政黨聯盟的紀錄，但最後仍難逃分道揚鑣的命運。至於日本與德國的選舉聯盟，壽命比法國更短。

相比之下，台灣二〇〇一年的泛藍軍選舉聯盟，理論上雖是夢幻聯盟，但實際上卻很可能會成爲一個未誕生即死亡的虛幻聯盟。

泛藍軍可能變成虛幻聯盟，主因是國、親、新三黨雖然明知非聯手不足以打倒共同敵人，但他們卻仍把一黨之利甚至一人之利，置於聯盟的共同利益之上；每一隻伸出去結盟的手，其實都是帶甲的拳頭。台北縣長與台中市長的聯盟難產，以及親民黨以泛宋軍取代泛藍軍，都是具體例證。

尤其是親民黨自己喊出泛宋軍這個稱號，更是匪夷所思。一般所謂的李政團、扁陣營、馬團隊、連家班或宋家軍等這些稱呼，都是別人封的，當事人即使心中竊喜，但表面上卻必須擺出避之唯恐不及的樣子，免得被人扣上威權封建的大帽子。但親民黨不但不避諱，反而自己創出泛宋軍這個稱號，以「宋」奪「藍」，置泛宋軍於泛藍軍之上，膨風臭屁到這種地步，簡直舉世罕見。

在英文裡，「泛」（Pan-）這個字首，有「全」、「廣」、「大」或「總」的意義，泛宋軍的主體既是「宋軍」，聯盟的共主當然就是宋楚瑜，但連戰的肚量再大，謝啓大即使曾經在興票案中護宋不遺餘力，但要他們加入以泛宋軍爲名、以宋楚瑜爲首的選舉聯盟，那他們乾脆先切腹自殺以謝同志算了，這種選舉聯盟怎麼聯得起來？

政府領導人不可能這麼笨

政府願意拿錢給老百姓，貼補他們的生活，當然是一件好事，按理講沒人該反對才是。

但如果政府窮得要舉債度日，窮得連正常開支都左支右絀，卻還要拚命想辦法找錢，甚至擠錢來貼補老百姓，這種好事，政府最好不做爲宜。

胡適以前常勸蔣介石，「重爲善，若重爲暴」，希望他能節制自己，不輕易做一件壞事，但也不輕易做一件好事。這句話同樣也適用於陳水扁。

民進黨政府二〇〇一年時舊案重提，準備從二〇〇二年元月開始，發放每月三千元的津貼給四十多萬位六十五歲以上的老人，這當然是「爲善」。但在國家財政日益緊縮之時，還硬要東摳西挖的擠出一百六十億的納稅人血汗錢去發非屬絕對必要的「津貼」，卻顯然違背了「重爲善」的原則。

台灣社會日趨高齡化是事實，六十五歲以上的人口數已逼近二百萬大關，也是事實，任何政治人物不管是基於施政考量，或者是選票考慮，確實都必須要面對老人問題，也就是說必須要對老人「爲善」不可。

但政府對老人爲善，卻要考慮兩個基本前提：有沒有財源？急迫性如何？爲善雖然沒錯，但「輕爲善」卻是錯誤。

先說財源。二〇〇〇年行政院決定不發放老人津貼，理由是沒錢。如果沒錢，下年度總預算的歲出入差額更高達五千億，政府比過去更窮。二〇〇〇一年更窮卻反而要發，這種邏輯顯然不通。

再說急迫性。老人津貼雖是阿扁的選舉支票，但他開支票時，景氣還沒那麼壞，現在即使跳票，也沒人會怪他惡性跳票。更何況，景氣壞到這種地步，比四十多萬非屬貧戶的老年人更需要政府爲善的人或事，比比皆是，老人津貼顯然也不是首要之務，更非必要之務。

以日本爲例，小泉純一郎在提出經改方案的同時，就很誠實的提醒日本老年人，經改初期一切都要緊縮，目前有關老人的各項福利都會受到影響，老年人跟其他人一樣，都要接受經改帶來的痛苦。否則，經濟一定難以獲得結構性的改革。

事實上，民進黨政府也一向把老人津貼定位爲過渡性的政策，老人年金才是結構性的政策。但下年度總預算赤字高達五千億，再加上失業率逐月升高，經濟成長率逐月下滑，景氣復甦又遙遙無期，在這些結構性的危機迫在眼前的時刻，任何過渡性的政策，包括老人津貼在內，如果貿然推動，其結果衹會更加深、加速結構性危機的惡化，民進黨政府不可能笨到連這點基本常識都不懂。

一百六十億並不是一筆小錢，這筆錢如果用於選舉，也確實會有「收買」四十多萬老年人人心的效果，但拚選舉的結果如果是把已經奄奄一息的經濟老命拚掉，政府為善又何異於政府為暴？

執政黨失敗，在野黨無能

看病的人每天在醫院前大排長龍；預訂的手術時間一延數月；破舊不堪的鐵路設施，以及火車站三不五時就高掛班次「誤點」與「取消」的告示牌；學校教室裡授課的老師嚴重不足；街頭上維持治安的警察經常看不見人影；影響農民與觀光收益的口蹄疫大爆發；再加上老天作弄人，又碰到百年來雨量最多的冬天，以及四百年來最大的洪水氾濫……這是英國在二〇〇一年國會大選前的「國家景觀」。

英國雖是世界排名第四的經濟大國，但有人形容大選前的英國，在公共政策上的表現，卻看起來跟第三世界的國家沒什麼兩樣。

按理說，以這樣的政績表現，執政四年的工黨在這次大選中非慘敗不可。但奇蹟的是，工黨的全國得票數雖然比四年前少了一百五十萬票，國會席次也少了五席，但工黨仍以壓倒性的勝利保住了執政權，最大在野黨保守黨並未因工黨的公共政策失敗而一舉奪回政權。

但工黨之勝，雖然不是勝在公共服務的表現，卻勝在經濟的表現，數十年來僅見的低失業率、低通貨膨脹以及低購屋貸款利率，都讓英國民眾信任工黨在經濟政策上確實是一個「負責任的管理者」。

而保守黨之敗，敗在保守黨的領導人根本不知民意的主流價值何在。當工黨打出「學校與醫院優先」的競選口號，提出增加一萬名教師、一萬名醫師與兩萬名護士的政見時，保守黨卻以「搶救英鎊」為競選主軸，反對以歐元取代英鎊，並以英國的國家主權地位做為訴諸選民的重要議題，完全與社會脈動脫節。

歐洲媒體曾經形容英國這次大選，是「沒有信念的左派」與「沒有理想的右派」之間的一場競爭。左派之所以沒有信念，乃是因為工黨偷了許多「柴契爾主義」的精髓；而右派之所以沒有理想，則是因為保守黨雖然喪失政權已經四年，但至今仍然沉緬在「自我毀滅的鄉愁」之中，誤以為政客關心的事物就是民眾關心的話題。

也就是因為保守黨的神經末梢已經麻痺了，所以他們的領導人看不見骯髒的醫院、擁擠的教室、失望的教師、挫折的醫師、過度工作的護士，以及像第三世界水準的交通系統；反而以為反對歐元、反對外來移民等「立場性的議題」，才是大眾所關心的話題。

絕大多數英國民眾雖然對工黨的公共服務政策，有許多怨言，但因爲保守黨在這次選舉中完全無視於「服務性的議題」，已經成爲一個「內向觀照」的政黨，祇關心政客所關心的，祇說話給自己聽，祇一廂情願地認爲「應該如何」，而根本不知「現實爲何」。兩相比較，工黨雖然做得很差，但換保守黨來做，保證做得更差，選民最後選工黨而棄保守黨，可以說是兩害相權取其輕的結果。

保守黨是二十世紀英國執政最久的政黨，但長期執政卻讓保守黨的政客，自以爲是「天生的執政黨」，工黨祇不過是「暫時的權力占有者」，再加上許多人耽溺於柴契爾主義的往日美好時光而不可自拔，更讓保守黨的路線愈走愈右，也愈走愈菁英化，久而久之便喪失了多元性、草根性與理想性，甚至連最基本的政治警覺性也都沒有了，這樣的在野黨不敗也難。

失敗的執政黨，雖然政權岌岌可危，但無能的在野黨，不但不能取執政黨而代之，反而會讓失敗的執政黨有苟延殘喘的機會。英國二〇〇一年大選的結果，台灣的在野黨不知獲得了多少啓示？

搬政治石頭，砸專業的腳

如果列一張表的話，民進黨政府過去一年「搬石頭砸自己腳」的事例，一定洋洋灑灑十分可觀。所謂「搬石頭砸自己腳」，另一個意思就是「天下本無事，庸人自擾之」，麻煩是自己找的，讓別人大做文章的題目，也是自己出的。

遠的不談，以中鋼換董事長爲例。理論上，「沒壞就別修」，但其實王鍾渝該不該下，郭炎土該不該上，有權換人的大官祇要行得正坐得端，理直又氣壯的話，別人再怎麼無理取鬧，流言再怎麼可畏，但干卿底事？又有何懼！

但看看那些有權的大官們是怎麼說的：總統府說總統沒介入；行政院說院長未主導；經濟部長乾脆閉口不談；更滑稽的是，郭炎土竟然說是神的安排。上帝忙得要命，芸芸眾生中，卻獨對郭炎土的人事煞費苦心，看起來，中鋼將來想不發也難。

然而，下決定的眞是神嗎？那是神話。那麼總有一個不是神的人下決定吧？是誰呢？大官們的這些自我撇清，代表了什麼？簡單說，代表了他們 No Guts（沒膽）。連換掉中鋼董事長這樣一件芝麻綠豆小事，都沒有人敢說「我決定的」，好像眞有什麼心虛理虧或不可告人之事一樣，畏畏縮縮，躲躲閃閃，讓人看了祇能搖頭嘆氣：當官怎麼當得這麼窩囊？有什麼不能大聲辯護的？

答案其實很簡單：大官要換人，但爲什麼要換的理由，連自己都沒辦法說服自己，內心裡眞正的動機如果和盤托出，一定會被人罵得臭頭，於是祇好像犯錯的小孩一樣，被人罵又不敢回嘴。

石頭當然要搬，改朝換代而不搬石頭，就像郭炎土所言豈不成了木頭。但搬石頭的藝術卻是一門高深的學問，民進黨政府想搬核四那塊石頭，理所當然也勢所必然，但亂搬一通的結果，卻把自己的腳砸傷到幾近半殘，到現在還不良於行。

中鋼這塊石頭，雖然沒有核四那塊大，但民進黨政府這次又因爲搬得太急太猛，又砸到了自己的腳，可見事隔一年，民進黨搬石頭的技術並沒有太多長進。

爲什麼沒長進？經驗不夠？也許；但大官們「心中有政治」卻更是原因。「心中有政治」並沒有錯，但「心中祇有政治」卻大錯特錯，「心中沒有專業」更是錯上加錯。

政治與專業，並不一定必然相剋，但一旦政治凌駕專業之上，專業就變得一文不值，年輕的、賺錢的王鍾渝，被年老的、賠錢的郭炎土取而代之，就是典型的一個例子。

但民進黨政府有專業可言嗎？說沒有，太過刻薄也不盡公平；但說有，卻又自欺欺人。

舉一個例子。李國鼎被上帝接走後，許多人大發憶古思甜之幽情，感嘆往日美好時光一去不返。這麼多人之所以借李國鼎之死抒懷遺懷，理由也很簡單：李國鼎當然不是什麼一代完人，但他跟他那一代的財經科技技術官僚，低政治，遠商人，不搞也不懂公關形象；對自己的專業，有自信，對自己的專業角色，更是自尊自重。台電大停電，老台電的孫運璿所以落淚自責；中鋼董事長換人，老中鋼的趙耀東所以感慨蓋棺論定，都是因爲他們「心中有專業」的原故。

專業乎？政治乎？民進黨政府就是因爲常做二選一的思考與選擇，結果搬錯了石頭砸傷了腳，咎由自取，怪不得別人。衹會做選擇題的民進黨，看來非自我升級不可了。

INK PUBLISHING

讀者服務卡

您買的書是：________________

生日：______年______月______日

學歷：□國中　□高中　□大專　□研究所（含以上）

職業：□軍　□公　□教育　□商　□農

□服務業　□自由業　□學生　□家管

□製造業　□銷售員　□資訊業　□大衆傳播

□醫藥業　□交通業　□貿易業　□其他________

購買的日期：______年______月______日

購書地點：□書店　□書展　□書報攤　□郵購　□直銷　□贈閱　□其他

您從那裡得知本書：□書店　□報紙　□雜誌　□網路　□親友介紹

□DM傳單　□廣播　□電視　□其他

您對本書的評價：（請填代號 1.非常滿意 2.滿意 3.普通 4.不滿意 5.非常不滿意）

內容______　封面設計______　版面設計______

讀完本書後您覺得：

1.□非常喜歡　2.□喜歡　3.□普通　4.□不喜歡　5.□非常不喜歡

您對於本書建議：

感謝您的惠顧，為了提供更好的服務，請填妥各欄資料，將讀者服務卡直接寄回或傳真本社，我們將隨時提供最新的出版、活動等相關訊息。

讀者服務專線：（02）2228-1626　讀者傳真專線：（02）2228-1598

廣　告　回　信
台灣北區郵政 管理局登記證
北台字第15949號

235-62
台北縣中和市中正路800號13樓之3

印刻出版有限公司　收

讀者服務部

姓名：＿＿＿＿＿＿＿＿＿＿＿＿＿＿　性別：□男　□女

郵遞區號：＿＿＿＿＿＿＿＿

地址：＿＿＿＿＿＿＿＿＿＿＿＿＿＿＿＿＿＿＿＿＿＿＿＿＿＿＿＿＿＿＿＿＿＿

電話：（日）＿＿＿＿＿＿＿＿＿＿＿＿＿＿（夜）＿＿＿＿＿＿＿＿＿＿＿＿＿＿＿＿＿

傳真：＿＿＿＿＿＿＿＿＿＿＿＿＿＿＿＿＿＿

e-mail：＿＿＿＿＿＿＿＿＿＿＿＿＿＿＿＿＿＿＿＿＿＿＿＿＿＿＿＿＿＿＿＿

INK

阿扁政府不要祇會扭轉

阿拉斯特・甘波（Alaistair Campbell）是英國首相布萊爾的親信，他的官位並不高，祇不過是首相的首席發言人，但英國媒體卻稱他是「英國第二有權的人」、「眞正的副首相」。

甘波的權力有多大？他可以當場制止首相夫婦接受媒體的訪問，他也可以痛罵內閣部長心理有問題。有人說布萊爾沒有他就不知如何下決策，也有人說首相好像是他的傀儡。

另外，英國政壇曾盛傳他會在二〇〇一年六月大選後下台，各大媒體除爭相報導外，BBC更把這項消息當成頭條新聞來處理；一位小小的發言人能受到媒體如此高規格的對待，他的權力之大可見一斑。

甘波曾做過小報記者，後來幫布萊爾的新工黨打天下，進入唐寧街十號後的幾年，他被許多人形容爲「布萊爾身邊的拉斯普汀」（Rasputin，沙皇尼古拉二世的寵臣），內閣閣員個個恨他入骨，媒體記者也視他如寇讎，但布萊爾對他的寵信數年不減，誰也奈何不了他。

但甘波之得寵並非全靠佞幸。英國媒體曾封他爲「扭轉沙皇」（Czar of Spin），可知他的扭轉本領確實高人一等。他曾建議布萊爾在首次內閣會議中要求閣員叫他「東尼」，而不稱他「首相先生」，以塑造他是「人民的首相」形象。布萊爾以「人民的王妃」稱呼過世的黛安娜王妃，讓英國民眾大受感動，也出自甘波的主意。

但成也扭轉，敗也扭轉。媒體政治時代的政治人物，很少有人不迷信扭轉的魔術效果，柯林頓政府如此，布萊爾內閣更走火入魔到幾乎每一位閣員身邊都養有幾位所謂的「扭轉博士」（spin doctors），專門替他們塑造媒體形象，並且化解政治危機。甘波既有「扭轉沙皇」之稱，可見他已把扭轉發揮到無所不用其極的地步。

然而，扭轉衹是手段，不是目的。甘波因爲過度迷信扭轉，不但每扭轉一次就得罪一次媒體，造成扭轉失控的反效果；而且過度扭轉的結果，也讓布萊爾政府好像「衹有扭轉，沒有政策」，「花太多時間在追逐明天的頭條新聞」，以及「施政被扭轉所控制」，「利用扭轉來掩飾政府的失敗」。

布萊爾曾經依賴甘波的扭轉之功，讓工黨成功轉型，也讓他自己博得了「新工黨的柴契爾夫人」封號，並進而贏得執政的權力。但他與甘波卻誤以爲「扭轉」就等於「成功」，甚至更因爲扭轉成習，這幾年不但讓扭轉變成了施政主體，也成了新聞主體，好像政府除了扭轉，別無其他。

布萊爾政府雖然一方面如此耽於扭轉，但另一方面卻因爲政府不斷犯錯，例如因爲不當處理口蹄疫危機，而遭受國內與國際的嚴厲抨擊，也讓布萊爾政府一直疲於扭轉，布萊爾這次揮淚斬馬謖，就說明他終於體認到扭轉之害大矣！

阿扁取得執政權力的過程，不論是他的自我轉型，以及他的「約書亞」封號，都跟布萊爾一樣是拜扭轉之賜。而他的前兩任內閣，從開始一直疲於扭轉。施政祇有扭轉卻不見政策，也跟布萊爾政府十分相像。布萊爾因爲大選在即，政權岌岌可危，才急於從扭轉中脫困；曾以布萊爾的國師紀登斯爲師的阿扁，這次不知道從他同門師兄的身上，會學到什麼樣的教訓？

政客不知濫權為何物

一九六二年古巴飛彈危機爆發時，甘迺迪總統曾經幾次面臨來自他幕僚的強大壓力，要求他下令轟炸古巴的飛彈基地，或者強制搜索通過海上封鎖線的船隻。當時祇要他接受其中任何一項建議，戰爭一定爆發，甚至核戰浩劫都在所難免。

但甘迺迪卻不願輕啓戰端，他在十三天飛彈危機期間，一直念茲在茲的是，政客雖然有權力發動戰爭，但美國的子弟卻可能因爲政客不當使用戰爭權力而犧牲生命。因此他祇派飛機偵察而未轟炸，祇派軍艦監視而未登船搜索。他嚴格地自我節制他的統帥權力，讓一觸即發的戰爭終以和平收場。

小甘的這項決策模式，每個當總統的人都應該知之甚詳，甚至引爲決策範本才對。但擁有統帥權力才一個多月的小布希，在連國際情勢都還沒有搞清楚的情況下，就下令軍機轟炸伊拉克的軍事設施，並且面無愧色、一派輕鬆地答覆媒體說，這次轟炸是自衛，也是例行任務。

今昔對比，拿小甘比小布希，很明顯就可以得到一個結論：美國總統一代不如一代。對軍事攻擊行動，小甘能避免則避免，小布希卻是能發動則發動。對總統權力，小甘是能節制就節制，小布希卻是能行使則行使。更重要的是，小布希對戰爭以及戰爭的後果，根本是渾然無知。另外，從他以例行任務來解釋轟炸行動，從他臉上沒有露出半點哀矜之情，也可以得到另一個結論：他不但不知戰爭爲何物，也不知自我節制權力爲何物。有人批評他濫用總統權力，確屬事實。

小布希濫用統帥權力，也許可以勉強解釋說，因爲他剛當總統，還不知權力爲何物；但他的前任柯林頓當了八年總統，卻在下台前一天濫用憲法賦予他的特赦權力，赦免了逃亡外國的億萬富豪李奇的刑責，更是濫權的典型。短短一個多月，前後兩任不同政黨的總統，卻出現兩種不同模式的濫權，而且都引起了國內外軒然大波，也難怪美國輿論要感慨，美國政治領導人之濫權，已經到了不知濫權爲何物的地步。

更離譜的是，這兩位總統都不承認自己濫用了權力，也不認爲自己做了錯誤的決定。小布希被國內外輿論一連砲轟後，暫時閉上了嘴；但柯林頓卻自己投書給《紐約時報》，東拉西扯替他的濫權找理由，結果愈辯愈讓國會議員忍無可忍，誓言非調查個水落石出不可，連他的白宮幕僚長也不得不公開扯他的後腿。

在給《時報》的投書中，小柯除了引述最高法院「總統特赦權沒有限制」的判決，來辯解他沒有濫權外，並且以雷根曾特赦四百零六人，卡特特赦五百六十六人，福特特赦四百零九人，老布希特赦七十七人，來證明他特赦一百四十人，並無濫權之處，甚至比前任尚要節制甚多。但他忘了，即使他祇特赦一人，如果此人不該特赦，他也是濫權。

美國有一位知名的專欄作家最近在他的專欄中指出，有人質疑柯林頓怎麼會這麼笨？笨到明知特赦李奇一定會引起反彈，但他仍然執意要特赦的地步？但這位專欄作家的答覆卻是，小柯並不是笨，而是有權力的人都有自我毀滅式的濫權傾向。尼克森明知別人一定會發現，但他卻敢消磁掉水門案的錄音帶；詹森明知有人一定會抖出內幕，但他卸任後卻敢把白宮家具偷運回他在德州的老家。小柯的濫權，祇是有權力的人明目張膽違法濫權的另一例而已。

這樣的排場還是省省吧！

宋楚瑜每次進出國門，送往迎來的場面都很熱鬧，好像他每次出國都是壯士一去兮不復返，每次回國都是載譽歸來甚至班師回朝一樣。

他上次自美返台，飛機提早到達，許多人因錯失接機而懊惱不已。有次他班機抵達的預定時間是清晨六點多，有些人凌晨四點半就趕到指定集合地點搭專車到機場；有一位立委因爲趕得太匆忙，連褲腳塞在襪子裡都渾然不知。當天清晨入境大廳裡，舉目盡是滿臉泛著睡容、雙眼布滿血絲的宋系人馬，有人甚至坐著打瞌睡。

宋系人馬，不管是他的幕僚或是他的支持者，都對宋楚瑜忠誠有加，他們的凝聚力也很強，凡是宋楚瑜所到之處，一定有人左簇右擁，場面絕對不會冷清孤單。

最典型的一個例子是，祇要宋楚瑜親自召開記者會，他的背後一定有一大批擁宋政治人物一字排開，這些站在他身後的人，目的祇是露個臉，壯點聲勢，雖然從頭到尾沒有他們講話的份，但他們卻樂此不疲地甘願扮演布景的角色。

至於那些常到機場送往迎來的人，雖然每次來回要花好幾個小時，有時甚至要犧牲睡眠時間，但他們祇要能讓宋楚瑜看見自己在迎送的人群之中，就於願足矣。如果進一步能跟宋楚瑜握個手，或者寒暄幾句，那更是意外的收穫，再辛苦也值得。

全世界的官場都有送往迎來的排場儀式，但講排場講到像台灣這樣的地步，卻舉世少見；台灣的「機場接送政治學」更保證是全球僅此一家，別無分號。政治人物，不管官大官小，都喜歡被人接送，如果有人孤零零的隻身進出國門，不但自己不習慣，也會被別人解讀成權勢旁落，乏人理睬，好像接送的人氣高低跟權力的大小互成正比一樣。

但事實上愈民主的國家，愈不講究排場。民主國家的政治領導人，即使是國家元首，如果不是身負歷史性的出訪任務，也絕對不會出現滿朝文武傾巢迎送的場面。如果進出國門的祇是一個政黨的領導人，當然也就更沒有什麼迎送排場需要特別講究的了。

蔣經國掌權後從未踏出國門一步，因此沒有所謂的機場迎送排場；但他即使下鄉，身邊也少見左呼右擁的閒雜人等。李登輝雖曾一度緊縮迎送的排場儀式，但這種排場文化的餘毒仍未清除，在連戰與宋楚瑜這些長期浸淫國民黨官場文化的政治人物身上，尤其明顯。

宋楚瑜是台灣官場文化有名的「大發明家」，他頭上帶的帽子，身上穿的夾克，雖然師承蔣經國，但現在卻好像成了他發明的專利商標，大家爭相模仿，連民進黨的領導人也有樣學樣，好像搞政治的人都要穿制服一樣。

以前也從來沒有人以「團隊」來稱呼政府機關，但自從宋楚瑜創出「省府團隊」這個名詞後，「總統府團隊」、「內閣團隊」、「某某部會團隊」卻不逕而走，甚至連民間企業集團也爭相以團隊自稱。

但好的官場文化，值得推廣，也值得學習模仿；壞的官場文化，例如人氣過高的送往迎來排場，例如政治人物在身後一字排開的記者會排場，卻與民主背道而馳。宋楚瑜即使不是此種文化的始作俑者，也無疑是集大成者。但他對這樣的文化卻必須要有所警覺改正，否則，相沿成習或模仿成風，對自己、對政黨甚至對政治文化，都有負面的影響。

空話比多話更糟糕

李遠哲批評阿扁話太多，好像這是阿扁的致命傷，但其實總統話太多並不是多麼嚴重的缺點，怕的是他不但話多，而且說的都是虛無飄渺的空話，話太多再加上話太空，這才糟糕，也才是問題之所在。

修辭美麗的空話，第一次聽也許很動聽，但聽多了必然會覺得虛假不可信。搞選舉出身的政治人物，雖然都擅長所謂的「象徵政治」，但口號化、文宣化、標題化的選舉伎倆，並非治國之道，如果搞象徵政治搞到走火入魔的地步，任何事都以象徵來回答象徵，這種政治美則美矣，但卻是典型的「象徵政治的暴政」。

民進黨政府執政，就一直在玩象徵政治的把戲，其中全民政府是象徵政治的極致，而其他類似「九二精神」或「各表一中」這樣的語言，則是象徵政治淪爲語言魔術的具體例證。

而政治人物之所以愛玩象徵政治，通常有兩個原因，其一是因爲他們拿不出實體的東西，其二是他們不敢觸碰實體。

不敢觸碰實體政治的例子，例如兩岸，例如核四，不但因爲都是敏感的議題，而且還是兩難的議題，結果很難兩全，滿足了這一方，但一定會得罪另一方。因此民進黨政府衹好繞著議題的周邊打轉，一旦觸碰到核心，不是拖，就是縮，高來高去的言論更是不在話下。

拿不出實體的例子，例如股市。民進黨過去一向反對國民黨政府過度干預資本市場，但現在卻比國民黨更變本加厲，四大基金進場早已成常態，連國安基金也把平時當成了戰時，三不五時就投入戰場。再加上阿扁學康熙皇帝永不加賦的保證，內閣也拿出了救急救命的「八大補帖」，但結果卻像使用了萬古黴素後，股市還是奄奄一息。

救股市救到傾全政府之力，救到財經金首長每天要開會祕商護盤，救到換一個閣揆就要調整跌幅，救到總統與閣揆要天天信心喊話，救到怪無可怪，衹好怪罪國民黨與共產黨陰謀攪局這樣的地步，不但舉世罕見，變成國際笑話，民進黨政府左支右絀的窘境，也可見一斑。

「政府是問題，而不是解答」，這句話正是民進黨政府現在的寫照。但民進黨政府所以會變成問題，跟「舊政府留下的爛攤子」或「在野黨惡意杯葛」，並沒有太大的關係，更何況如果沒有爛攤子，又沒有杯葛，任何人都可以躺著執政，但天底下哪有這麼好當的總統？

全民政府是阿扁作的一個千秋大夢，他自我催眠也催眠了別人好幾個月，阿扁如果眞的已從這個大夢中醒來，就該覺悟到象徵政治有時而窮，現在是他棄象徵而就實體的時候了！他應該趕快找幾個所謂的「智者」，跟他去一處清靜的所在，花幾天時間煮茶論治國，展開美國學者小史勒辛格所謂的「尋找治國藥方」之旅，否則，太多說的比唱的好聽的空話，結果一定是誤己誤民誤國。

唉，這樣的約書亞！

李光耀雖然衹頂著一個資政頭銜，但兩岸領導人都知道他餘威猶存，不敢不買他的帳，但買帳買到朝野大小政治人物絡繹不絕奉召謁見的地步，卻讓台灣成了一個國際大笑話。

任何一個退休的國家領導人，不管他曾經再怎麼偉大，他到別的國家作客，起碼都該懂一點「行客拜坐客」的基本道理，否則就是反客爲主，視在地國如無物。李光耀「學貫中西」，焉有不知之理？顯然他把台灣當成了新加坡，爲所妄爲，不但失禮，根本是無禮之極。

退一步說，坐客拜行客也就罷了，李光耀竟然還敢大剌剌地要求在地國的朝野政治人物，遷就他所訂下的那些莫名其妙的原則，一個個從台北奔赴大溪別館去跟他見面，向他簡報，聽他意見，就像皇帝在駐蹕行宮聽大臣奏報政務一樣，簡直是豈有此理，成何體統。

但台灣政治人物卻竟然甘願棄國格與官格於不顧，對李光耀的各項要求一律奉行不渝，堂堂閣揆突然變成了「個人」，已經夠可笑了，沒想到還要偷偷摸摸走後門避人耳目，自貶身價到這種程度，不但令人不可思議，更讓人痛心疾首到了極點。

沒有人敢說李光耀不重要，也沒有人否認他可以在兩岸之間扮演重要的角色，但他再怎麼重要，也沒重要到非要台灣政府付出那麼大的代價不可。更何況，他叫誰去，誰就準時應召，他叫大家閉嘴，大家就連屁都不敢放，如果這叫主隨客便，那中文辭典豈不是全要重新改寫？

再加上，他明明知道李登輝就住在鴻禧山莊，但其他那麼多地方他都不住，卻偏偏非要住在李登輝的隔壁不可，結果逼得李登輝離家出走，李光耀存何居心，姑且不論，但阿扁如果不知道會有此結果，那是無知；知道而不另作安排，則是無禮。他為了接待一位外國退休總理，而讓自己國家的退休總統在外流浪三天，這樣的「約書亞」，也未免太不把「摩西」看在眼裡了罷？

李登輝當年莫名其妙跟李光耀鬧翻，確實有失國家元首風範，但阿扁現在奉李光耀為上上國賓，任他予取予求，又哪一點有元首風範？他棄此李而就彼李，更是置李登輝於何地，讓他情何以堪？但李登輝也祇能看在眼裡氣在心裡，頂多日後阿扁再求見時，請他吃閉門羹，間接發洩一下他心中的怒氣。美國當年不讓他過境下機，就已讓他火冒三丈，這次他爲了李光耀而避走他處，想當然他更會引爲畢生奇恥大辱。

民進黨政治人物過去一向把李光耀當成是民主的負面樣板，現在卻人人對他執禮有加，從總統以降，每個人迎他、聽他、阿諛他，任他喧賓奪主，眞不知道到底是當初錯怪了他，還是民進黨現在背叛了自己？

謝長廷當初拒見李光耀，被人罵笨蛋白癡，但看過李光耀「資政遊台灣」四天各種怪形怪狀後，才發現眞正笨蛋白癡的不是謝長廷，那些跟李光耀見過面的政治人物，每個人都可以對號入座。

李光耀一趟台灣行，短短幾天就把台灣搞得一團亂，國不國，官不官，這樣的政府，天下難找！

吳大猷能，呂秀蓮不能

一九六七年，蔣介石邀請吳大猷返台，擔任總統府國家安全會議下設的「科學發展指導委員會」主任委員。吳是「科導會」的首任主委，也是末代主委，直到一九九一年，「科導會」因臨時條款廢止而被撤銷時，吳大猷共做了二十四年多的主委。

「科導會」可以說是台灣科學發展的奠基者，吳大猷擬定的「十二年科學發展計畫」，以及他推動成立的行政院國科會，對台灣的影響至深且鉅；吳大猷當年反對發展核武的「新竹計畫」，更是「科導會」的另一貢獻。簡單說，如果沒有「科導會」，台灣今天的科學現況可能是另一種面貌。

但即使蔣介石對吳大猷那樣的言聽計從，「科導會」的龍頭地位，在國科會成立，以及中研院規模不斷擴增後，也逐漸被取代。依據吳大猷自己的說法，事實上，「科導會」在成立五、六年後，「一再精簡，已無任何任務了」；這個組織之所以又苟延殘喘了十幾年才壽終正寢，主要是因爲臨時條款一直未被廢除之故。

但誰也沒想到，當了十幾年空有其名的「植物機關」，才在李登輝手上廢除的「科導會」，卻在陳水扁的手上死而復活。祇不過「科導會」換了一個名字叫「科技諮詢委員會」，它也不再隸屬於國安會，而是總統府的特設組織，主任委員也改由非科學家的副總統呂秀蓮擔任。

然而，蔣介石當年成立「科導會」，是因爲台灣當時尚處於「科學荒漠」的非常時期，政府既無科技發展的決策，也沒有像國科會這樣的科技行政體系，三十多年前的中研院當然也更不具備現在的規模與功能。

但現在的中央政府，總統府下有中研院，行政院下有已成立三十多年的國科會，院本部又有網羅國內外科技菁英所組成的科技顧問小組，涵蓋了諮詢、研究、決策與執行等各項功能；再加上台灣現在的科學環境更與「科導會」的時代不可同日而語，但陳水扁卻執意要在府內設立「科諮會」，實在令人不知其用意爲何。

阿扁如果是要讓呂秀蓮有事可做，他顯然選錯了題目；如果是想學白宮，他大概忘了美國是總統制，而且也沒有行政院與國科會這樣的聯邦組織；如果是想讓總統府擴權，但阿扁這樣做不但是逾權，更有濫權之嫌。

更何況，「科諮會」設有十二個分組，每個分組的成員絕不會少於五、六位，但那麼多的人要從哪裡來?這些人的素質難道會比科技顧問小組、中研院或國科會的人要更好?如果更差,「科諮會」憑什麼當龍頭?如果人員彼此重覆,那又何必多此一舉搞個「科諮會」?

阿扁一向反對大有為的政府,認為現代的政府應該小而美,但總統府現在莫名其妙的憑空多出了科技與人權兩個委員會,讓總統府變得大而醜,卻顯然跟他的主張相違背,也是政府再造的莫大諷刺。

阿扁為了安撫呂秀蓮,結果卻亂了體制,也亂了權力的分際,已經很不可思議;但更奇怪的是,李遠哲這位「今之吳大猷」到現在卻一聲不響,如果對攸關科技發展如此重大的事情,他都默爾而息,李遠哲也未免太鄉愿,沉淪得太快了一點!

新政府異於舊政府者幾希

「人之異於禽獸者幾希」，孟子在兩千多年前講的這句話，在人類基因圖譜公布之後，終於獲得了科學性的證實，證明跟人類最相近的黑猩猩的DNA，其實跟人的DNA祇有二％的差別而已。

基因圖譜的另一項發現是，不同的人與人之間的DNA，也祇有〇・二％的差別。也就是因爲〇・〇〇二這樣的差異，才出現了一樣米養億樣人，愛因斯坦異於你我，或者李登輝異於蔣經國這樣的結果。這點差異就是「幾希」中的「希」，因爲有了這一點「希」，才有了完全不同的後天發展。

如果把孟子的那句話，以及基因圖譜的發現，延伸到政治領域來當觀察工具的話，結果也會發現在當前政治中，甲政黨之異於乙政黨，或者A政治人物之異於B政治人物，事實上也是幾希而已。

比方說，在政策路線上，美國民主黨之異於共和黨，英國工黨之異於保守黨，都是幾希。用政治學的術語來說，就是「政黨趨同性」愈來愈高，不同政黨之間很難找得出「希」之所在，大家都長得差不多一個樣子。

再以台灣政治為例，陳水扁與李登輝的DNA祇有〇．一％的差別，這是所謂的「希」，但新政府的決策思維與政策路線之異於舊政府者，到目前為止其實也是幾希。

李登輝成立國統會，阿扁成立跨黨派兩岸小組，看似不同，但如果阿扁對兩岸小組的建議，也像李登輝對國統會一樣，聽而不用，陳水扁之異於李登輝者幾希。

蔡英文提出「安全網」的大陸政策理論，雖然有別於過去的「磚牆理論」，但如果安全網編織得密不透風，甚至還在網上帶鉤帶刺的話，安全網之異於磚牆者幾希。

新政府找了一大批專業媒體人進入官營媒體的董監事會與經營階層，雖然不同於舊政府外行領導內行的政治酬庸。但如果官營的組織性格不改，節目的內容型式依舊，甚至還棄大眾的反對於不顧，非執意要找前朝駙馬去當電視台的董事長，新政府之異於舊政府者幾希。

外交部長過去幾乎都是出身職業外交官，但新外長卻是學者出身，背景確實有異。但如果新外長到馬其頓或其他國家訪問，還是大搞金錢外交，動輒花掉數百萬或數千萬美金，學者外交官之異於職業外交官者幾希。

阿扁聘請的總統府資政與國策顧問，雖然其中流著「綠色血液」的人，比流著「藍色血液」的人要多，但如果這些人仍舊是拿錢不辦事，個個尸位素餐，如果阿扁不考慮遲早應該廢掉純屬酬庸的資政與顧問，新總統之異於舊總統者幾希。

民眾所以會在不同政治人物與不同政黨之間作出取捨，取的是他們之間的那一點點「希」，如果陳水扁與李登輝，民進黨與國民黨，新首長與舊首長，對權力的想法與對政策的作法，彼此之間的差別衹是幾希而已，換湯不換藥，換人不換政，或者換語言不換政策，民眾的取捨豈非毫無意義！

「眞理不是在文字上改頭換面就能夠得到的。」詹森總統的幕僚 Will Sparks 這句話，如果改成「新政不是在政府人事上改頭換面就能夠完成的。」道理也是一樣，新政府如果不想異於舊政府者幾希，顯然必須要在「希」這個字上面多下點功夫，最起碼也要有〇・二％的差別吧！

阿扁別再窩在家裡睡大覺

許多人看過西方的國家領袖攜家帶眷度假的照片，但很少人看過台灣第一家庭遊山玩水的照片。另外，美國總統定期休假，不但是制度，美國民眾也早就習以爲常；但台灣總統卻好像從來不知休假爲何物，民眾也不習慣總統動不動就休假。

從杜魯門開始，「大衛營」（當時仍叫「香格里拉」）一直就是美國總統的官定休閒地，電視新聞中衹要出現第一家庭牽著寵物從白宮草坪步上直升機的畫面，通常就表示總統又到大衛營度假去了。

大衛營雖然離華府不遠，山景又優美，但美國總統度假卻不限於此地。柯林頓常到麻州的「瑪莎葡萄園島」（也有人稱它「漫沙文雅島」）與維爾京群島游泳；布希常到緬因州的肯尼邦克港開快艇；卡特常回老家喬治亞州的吉柯島釣魚；雷根也常回加州老家的牧場騎馬。

簡單說，美國總統定期度假是正常，總統突然取消度假才不正常，表示國內外一定有棘手的大事發生，要不然就是總統的健康出了問題。

但台灣的情況卻正好相反，總統或其他政府首長根本是全年無休，連禮拜天也要下鄉走透透。如果哪幾天他們突然度假去了，大家一定會猜測他們另有隱情，不是在進行什麼祕密任務，就是在度政治假，絕對不會祇是純粹休息或吃喝玩樂而已。

而且，一般民眾對政府首長的評價標準，也讓他們不敢視休假爲正常，好像官當得愈大，就愈該夙夜匪懈，每天就必須要日理萬機，這樣才算勤政，否則就是怠忽公務一樣。

也因爲這樣，許多人才常會聽到類似「愛台灣愛得粉身碎骨」，「我丈夫早就賣給了國家」，「他是屬於國家的人」，「總統對唐院長奮不顧身上班的精神十分感動」，「我身體不好還當部長是一種個人的犧牲」，「我當公務員幾十年從來沒休過一天假，也沒家庭生活。」這樣偉大到不知如何形容才好的話。這大概也算是台灣的另一種政治特產吧！

蔣介石當年當總統時，台灣凡是山明水秀的地方，他都一定設有行館，三不五時他就選一個行館去住幾天「靜思」，這些行館就是他的「大衛營」。

老蔣設了那麼多行館，雖然有點帝王餘毒，但現在這些大衛營都被充公了，李登輝想度假沒處去，阿扁當總統後更連著兩、三個禮拜天，都窩在家裡睡覺、吃飯、看電視、跟兒子學上網，台灣雖大，但卻沒有他可以度假偷閒之處。

現在再去新設一個台灣的大衛營，也許沒有絕對的必要，但政府首長，尤其是總統，如果一年三百六十五天，每天除了政治還是政治，除了工作還是工作，休閒嗜好一概從缺的話，即使他們每個人都拿「全勤獎」，台灣的政治也不保證一定就會更好，說不定反而更糟糕。

世界超級強權的美國總統都可以定期度假，台灣的總統又有何不可？有，請自阿扁始。

阿扁！別當雙面亞當

每個總統都有他不為人知的一面，甘迺迪恨卡斯楚恨得欲其死，但他卻最愛抽古巴雪茄；詹森推動人權運動不遺餘力，但私底下他卻動不動就罵人黑鬼。

總統這些公私言行矛盾不一的陰暗面，如果不是因為跟在他們身邊的人透露，可能永遠不為外人所知。但總統的陰暗面如果僅限於私領域，即使再怎麼不堪，也不至於影響國政。怕只怕總統在公領域上也常常是他自己的對立面，一個總統，有兩種人格，而且這種「雙面亞當」的特質，又不是隱藏起來的陰暗面的話，這樣的總統人格特質絕對會影響到國政。

李登輝執政十二年，許多人已開始論斷他的功過，但李登輝就像馬奎斯筆下的「迷宮中的將軍」一樣，「他是他自己，但他也是自己的對立面」，這是研究李登輝功過必須要有的一個基本認識。

更清楚的說，過去十二年站在權力峰頂上的那個李登輝，事實上是兩個李登輝，而且是兩個對立的李登輝，學者對政客，民粹對威權，總統對主席，明統對暗獨。

比方說，他說一向反對家父長制，但其實他是家父長制的典型；他有很強的民粹性格，但他比誰都更像馬基維利；他從不打壓言論自由，但他終其任內卻不改一言堂的作風；他可以修憲民選總統，做到主權在民的要求，但卻不願修改黨章，直選黨主席，貫徹黨權在黨員的目標。

台灣十二年的國政，就是在兩個對立的李登輝，兩個矛盾的李登輝，或者更誇張一點說兩個分裂的李登輝的「分治」之下，波動不斷，捉摸不定。

陳水扁當總統後，比李登輝更容易變成自己的對立面。現在的阿扁必須要「背叛」過去的阿扁，他的政策也很可能會牴觸他的信念，他走的修正主義路線，說不定也正是他一向所反對的。

做一個政治人物，阿扁已經注定做不到一致性的要求，這是他要當「全民總統」的代價。但他可以跟過去的自己一刀兩斷，卻絕不能把現在的自己也一分爲二，像李登輝一樣，讓兩個對立的阿扁去「分治」國政。

兩個對立的李登輝，讓人分不清到底哪一個李登輝才是眞的，哪個李登輝講的話才是眞話，台灣民眾有這樣的困惑，他的部屬不斷揣摩也無所適從，已經夠嚴重了，更嚴重的是，國際人士與對岸領導在面對兩個對立的李登輝時，常常會作出錯誤的判讀。

阿扁被許多人當成是約書亞，約書亞雖然要賡續摩西的路線，但他不是摩西，也不應該變成摩西第二，尤其不能重蹈摩西的錯誤。

例如，他在許多政策上，特別是兩岸關係，可以模糊，但絕不能矛盾，寧可做一個「模糊的阿扁」，也不能做一個「對立的阿扁」，否則，兩個對立的阿扁一定會放出矛盾的訊息，而讓對岸誤判。

阿扁必須要在「言論與行動」、「過去與現在」以及「信念與政策」這樣的兩個自我中間，不斷做出取捨、修正或整合的抉擇，如果他不做抉擇，放任兩個自我互相對立，他這個總統做得再好，也不可能好過李登輝。兩個李登輝已經夠了，千萬別再出現兩個阿扁。

怨婦吟可以喊停了

知名的「總統學」專家紐斯達（Richard Neustadt）在甘迺迪入主白宮前，曾經寫過一份備忘錄提醒小甘在政權交接前應該注意哪些問題，其中有一條是這樣寫的：「總統當選人必須牢記於心的一件事，就是副總統當選人從投票日後，就會開始找工作。」

副總統當選人找工作，找的是他的角色，並不是找頭路；但他的角色是什麼，卻完全不操之在己。他可以當「英英美代子」，只做一個儀式性的角色；他也可以跟總統分治天下，做「半個總統」的角色。

其實，大多數的副總統都是幹假的，每天不是閒得發慌，就是專做一些不急之務，如果碰到一個事必躬親的總統，副總統的角色功能，很可能還比不上總統身邊的一個小祕書。

事實上，從答應做競選副手那一刻開始，每個副總統候選人就該覺悟，天下只有大有為的總統，並沒有也不應該有大有為的副總統，副總統沒權沒事做，那是正常；有權有事做，那是天上掉下來的，如果連這點覺悟都沒有，這種人顯然也太不懂政治了。

詹森答應當甘迺迪的競選搭檔前，他早已是國會山莊的龍頭老大，小甘在他眼裡只是一個乳臭未乾的後生小輩而已。但當了副手後，詹森卻很認命，他從來沒搶過小甘的鋒頭，甚至連小甘的弟弟羅伯有時候僭越了他的副總統權力，詹森也讓他三分，更沒像呂秀蓮那樣抱怨自己是被打入冷宮的怨婦。

呂秀蓮唱的那幾齣「怨婦吟」，所以唱得荒腔走板，令人不忍卒聽，就是因為她不認命，也沒有覺悟。如果她眞想像高爾一樣，擁有跟柯林頓共治白宮那樣大的副總統權力，她除了要是阿扁的同志外，還必須是阿扁的朋友、諍友兼策士，甚至是他的身外化身，但這些條件，呂秀蓮一項都不具備。

既然沒有這些條件，呂秀蓮就不該有任何非分的權力妄想，阿扁將來如果不分權給她，不請她代行部分的總統權力，甚至連她自以為最擅長的外交事務，阿扁也不讓她插手的話，呂秀蓮都不該再唱怨婦吟，否則保證會被人當成笑話。

尤其阿扁的新政府是一個混合編組的團隊，不同黨派、不同世代、不同理念的人，本來就已經很難相處，而且隨時可能會出狀況，但現在內閣還沒出狀況，副總統卻三不五時帶頭給總統出狀況，並且「屢勸不聽」，這對阿扁的領導威信實在有很嚴重的影響。

呂秀蓮自認很懂國際政治，但全世界有哪一個副總統當選人，在尚未宣誓就職前，就讓總統當選人這麼頭痛的？既然舉世皆無此例，可見呂秀蓮創了一個政治惡例。許多人曾擔心她如此不知節制自己的角色，進了總統府後，豈不是更沒完沒了，阿扁也將永無寧日矣。

台灣面臨的是一個新的權力關係，阿扁跟唐飛的雙首長權力關係，阿扁跟民進黨的非以黨領政權力關係，都處於摸索的狀態，如果連正副總統的權力關係也要重新摸索，十個阿扁保證也會累垮，呂秀蓮何忍見阿扁至此！

阿扁必須面對原罪

《紐約時報》的知名專欄作家傅利曼（Thomas Friedman）寫了一篇文章，他認爲不管誰贏了二〇〇〇年美國總統大選，新政府都必須是聯合共治政府，否則白宮的新主人根本無法治國。

傅利曼的主要論點是：高爾與小布希的得票率祇相差〇．二%左右，不管誰當總統，都沒有獲得另一半民意的授權，因此將來新政府的施政，如果祇是跨黨派，猶嫌不足，勢必要組成聯合共治政府「從中間執政」（rule from the center），政府的閣員結構必須跟選民結構相近。

至於聯合政府的閣員到底要如何分配，傅利曼用亦莊亦諧的語氣擬了一份名單：如果小布希當選，國務卿該是柯林頓（因爲他任內外交做得不錯），內政部長應該是高爾，聯合國大使該是高爾的競選搭檔李伯曼（因爲他是猶太籍）。如果高爾當選，小布希應該當教育部長（因爲他競選時最自豪教育改革），他的搭檔錢尼應該重做馮婦當國防部長，國務卿應是鮑爾（因爲他是布希的國務卿內定人選）。

傅利曼之所以提出聯合政府的主張，可從他這篇專欄的標題「原罪」來理解。他認爲下任總統「生而有罪」，亦即選舉結果是因爲美國憲政制度（選舉人團票與普選票）的「原罪」使然，既然有此原罪，政治人物就不得不面對接受，而比跨黨派更進一步的聯合共治政府，雖然史無前例，但卻不失爲面對原罪的一種救贖手段。

傅利曼的主張，白宮新主人也許根本不屑一顧，但他「從原罪到聯合政府」的思考邏輯，不但對美國，對台灣也頗有啓發意義。

台灣政局陷入如此動盪不安，其中原因很多，但朝野政治人物，尤其是執政的領導人，不肯面對憲政制度的原罪，不肯承認自己「生而有罪」，卻是關鍵所在。

陳水扁二〇〇〇年以不到四成得票率當上少數總統是原罪之一，民進黨是國會少數黨是原罪之二，雙首長制是原罪之三。但阿扁卻顯然完全不肯面對這三項原罪，自欺欺人的全民政府是其一，拒絕施明德在國會建立多數聯盟的建議是其二，府大院小的變形雙首長制是其三。

但台灣過去六次修憲，民進黨現在的領導人無役不與，不論是相對多數制的總統選舉，總統無權主動解散國會，以及仿照法國的雙首長制，這幾位領導人當年都是舉雙手雙腳贊成，他們毫無疑問都是造成今天憲政制度原罪的「亞當」，但亞當現在卻否認或者忘了他們曾經啃過禁忌的果實，他們不肯面對原罪，也不肯面對自己，去尋求救贖之道。

阿扁先是面臨全民政府的破局，緊接著少數政府又碰壁。他想搞朝野和解，但卻被自己搞砸。他又想召開國是會議，但肯定沒人會陪他再玩。他想修憲，但沒實力；想變成國會多數黨，但沒把握，何況還要再等。如此的阿扁，不折不扣是坐困愁城，一籌莫展。

施明德當初叫他建立多數聯盟，他不肯，當在野聯盟已經形成，他即使想，也爲時已晚。施明德又叫他交出行政院，他聽了一定幹在心裡，但除了一肚子不爽，他又能有什麼更高明的對策？

誠實面對憲政原罪，再想想傅利曼與施明德講的那些話，阿扁或許還有敗部復活的可能。但阿扁如果決定以聯合共治政府爲議和條件，則晚做不如早做，被動做不如主動做，千萬不要拖延到最後被迫簽下城下之盟，弄到喪權辱帥又割地賠款的悲慘地步。

李登輝沒有拿刀逼他升官

國大議長雖然是虛銜，沒什麼實質權力，但他在官場上的排名卻高居第三把交椅，僅次於正、副總統，可謂權小位尊。錢復雖然早就想脫離國大的苦海，但他從國大轉進監察院，卻是連降五級，從老三淪落成老八，創下憲政史上的首例，的確有點降格以求的味道，也難怪國大代表要批評他不敢向李總統說不，侮辱了國大，也侮辱了他自己。

其實不敢向李登輝說不的人，錢復不是第一人，也絕不會是最後一人。世界知名的「總統學」專家紐斯達（Richard Neustadt）就曾指出，總統雖然享有許多權力，但其中最迷人的一項權力，就是「說服的權力」（Persuasion Power）。美國的國會議員平常不管再怎麼跟白宮唱反調，但一走進橢圓形辦公室後，也常滿嘴「是的，總統先生。」很少有人敢當面向總統說不，更何況是威權文化仍根深柢固的台灣官場。

但不敢向總統說不的理由，最起碼總要能稍微言之成理，讓別人聽了雖不滿意，但可以勉強接受。否則，不但會被人嘲笑是懼怕總統的威權，沒膽子，也沒骨氣，甚至還會被人懷疑別有企圖。

比方說，錢復解釋他不敢向總統說不的理由，就很牽強可笑，他的理由是：「做爲國民有這樣的義務，被（總統）徵召必須遵辦。」錢復是國大議長，他對憲法的內容應該一清二楚才對，但憲法中有關「國民義務」的規定，只有納稅、服兵役與受國民教育三項，哪個時候曾經修憲把當官也變成了一項義務？

而且，錢復是耶魯大學的政治學博士，他對美國南北戰爭時期名將雪曼（William T.Sherman）那句「提名，我不接受；當選，我不就職。」的名言，也應該耳熟能詳才對，如果他真不想當監察院長，大可以效雪曼之風，表現出「徵召，我不接受」的態度，更何況，還有丁懋時婉拒徵召在前？可見他所謂「徵召必須遵辦」的解釋，只是給自己一個下台階而已。

另外，城仲模接受司法院副院長提名的理由，比錢復更糟糕。他剛接法務部長時，理想抱負講了一大堆，一副天降大任於斯人的樣子。但他才做了一百多天，座位還沒坐熱，就要向他花了七十多萬元裝潢的辦公室說再見，好像在玩大風吹的家家酒一樣。

他雖然給自己任內的成績打不及格，但他對新的任命卻欣然接受，連假裝作態一下都省掉了，許多人聽他感嘆說「一個政務官無法決定自己的去留，讓我心情相當沉重。」

時，無不為之氣結，好像是李登輝拿刀逼他升官，他不得不從一樣，這種得了便宜還賣乖的理由，也虧他敢說出口。

三合一選舉後，朝野政黨將有一連串的人事大搬風，上台的新貴與辭官的舊人，都會替自己找出一大堆合理化的理由，從政治人物形形色色的理由中，正好可以看出他們的眞面目，錢復、城仲模之後，還有宋楚瑜、吳敦義等許多人，且看他們將怎麼自圓其說，有誰敢向總統說不！

李宋之間的盲目仇恨

愛情是盲目的，仇恨也是一樣，相戀的人看對方，怎樣看怎麼順眼，優點被放大，缺點也看不見，但仇人看對方，卻正好相反。

李登輝與宋楚瑜的愛恨關係，就跟陳義信與楊林的愛恨關係一樣，以前是愛則欲其生，後來是恨則欲其死。小宋以前跑遍全省時，李登輝會讚美他勤快，後來看他台灣頭尾走透透，卻批評他在作秀。任何跟宋楚瑜扯上邊的事，他聽了就煩，看了更氣，而且衹要逮到機會，就一定會藉機修理他一下。

黃主文改變行政院的精省版本，讓宋楚瑜氣得火冒三丈，覺得被人欺騙，但李登輝卻在中常會上公開讚美黃主文，擺明了就是要給小宋難看。

省府的田單黨部放話要抵制輔選，李登輝也略過宋楚瑜，直接找吳容明談，表面看是尊重小宋，避免王見王傷了和氣，但事實上卻也有「我根本不把你擺在眼裡」的味道。

曾經電視台播放一則省府政令宣傳片，雖然祇有短短三十秒鐘，但由於片子的男主角是宋楚瑜，李登輝看了大怒，不但下令行政院徹查，並且懷疑有人在搞「宋蕭配」。

電視台播放政令宣傳節目或廣告，雖然是廣電法的陋規，但這項法律早已行之多年，政府各單位都曾經依法享受過免費打廣告的特權，李登輝當省主席時也不例外。

至於機關首長當宣傳片男主角的例子，更比比皆是，宋楚瑜祇不過是援例辦理，並非首開先例，沒想到卻還是被李登輝硬扣了一頂大帽子，說他表彰自己，玩弄法令與媒體，罪名一籮筐，好像他犯了什麼天大的法條一樣。

李登輝在那幾個月，既當推土機，又做油罐車，每天忙得不可開交，按理說，他應該沒有體力與時間，再去管其他的雜務。再加上宋楚瑜還剩一個多月就要下台走人，不管他再做什麼、說什麼，李登輝大可放他一馬，不必跟他斤斤計較，大家好聚好散，青山綠水，後會有期。但他卻反其道而行，可見他對宋楚瑜確實到了恨之入骨的地步。

政治人物的愛恨關係，常因時、事的不同，而有不同的變化。而且政治人物通常喜怒不形之於色，愛憎也不能太強烈，免得使自己沒有轉圜的餘地。李、宋二人的關係，因爲精省這一件事，而由愛生恨，弄到現在這種恩斷義絕的地步，不但在台灣政治史上僅見，在世界政治史上也不多見。

他們的心情，大概也只有像陳義信和楊林那樣才剛分手的愛人同志，才能感同身受，其他人祇覺得好笑，搞不懂年紀都已經一大把的人，怎麼還會像不成熟的少年囝仔一樣，鬧彆扭鬧到這種地步？

最權謀的宋楚瑜

宋楚瑜常常罵別人搞權謀，好像他自己這一生都是純潔無瑕，從來不懂也不曾搞過權謀一樣。事實上，政治人物既然跟政治這兩個字沾上了邊，就沒有一個人能跟權謀脫得了關係。候選人的競選策略是權謀，跟議會打交道是權謀，跟政敵鬥爭是權謀，統籌分配怎麼分配是權謀，關鍵時刻踢出臨門一腳是權謀，出國訪問造勢是權謀，何時接受媒體訪問是權謀，穿夾克戴帽子是權謀，罵人意在言外是權謀，何時宣布脫黨參選也是權謀。

如果這些權謀都算罪狀的話，宋楚瑜絕對是前科累累的重罪犯。但搞權謀並不是一件壞事，它可以是謀略，也可以是手段或方法。宋楚瑜從政以來，從第一天開始到現在，可以說天天與權謀爲伍，但他久居鮑魚之肆，早已不聞其臭，還以爲自己渾身上下都散發出清新的芬芳氣味，沒有半點的腥臭之味。

尤其是他曾經來自大內，權謀智巧的功夫，本來就比任何人都要精通，再加上他這幾年的民粹歷練，早就讓他練成了一套結合宮廷與草根的獨門權謀招術，陳水扁說他是一位可怕的對手，就是指他權謀之深，讓人感到可怕。

凡是跟他有過交手經驗，尤其是有鬥爭經驗的人，上自大老、黨內競爭對手，下至跑他新聞的記者，幾乎每個人都有幾件「宋氏權謀」的軼聞可以細說。

但宋楚瑜卻祇許他自己罵別人，不准別人罵他，這是他政治人格上備受訾議的一個弱點，就像凡是國民黨好的，他都有份，都有功勞，但國民黨壞的，卻都跟他無關一樣。

比方說，別人批評他當新聞局長時，動輒查禁雜誌，戕害民主，但他卻把責任推給警總，好像他新聞局長是幹假的，凡事都聽警總之命辦事一樣。但了解當年歷史的人都清楚，眞相正好完全相反，當年辦過黨外雜誌的人，因陳文成命案而被他勒令停止採訪權的前美聯社記者周清月，都可以做歷史的證人。

但他曾是最具人氣的政治人物，連外國媒體也莫名其妙的封了他一個「民主改革設計師」的稱號，這個稱號雖然根本名實不符，但這項桂冠戴在他頭上，更讓他睥睨群雄，不可一世，他一再諷刺國民黨要提名民調最差的那個人選總統，就可見他自認是「非常人也」心態之一斑。

甚至章孝嚴打電話給他的舊屬，安排跟他見面時，他的舊屬竟然會在接電話四天後才告訴他，可知宋陣營的人馬，都有「無限放大自我」的傾向，不但連基本的禮貌都不屑顧及，甚至還故意把現任秘書長的章孝嚴，貶低爲宋楚瑜當秘書長時的部屬，連稱呼這種芝麻小事，都要絞盡腦汁耍權謀，其他事可想而知。

宋楚瑜選上總統的機率很高，但他跟所有政治人物一樣，該有的毛病，他一樣也不缺少，尤其是權謀，他比誰都更懂也更會，陳立夫勸他不要太驕傲，可謂一語中的，因爲太驕傲的人永遠看不到自己的缺點。

政治走火入魔前的癥兆

王建煊辭掉秘書長後，去美國待了快兩個月，他把這段時間全部奉獻給他的上帝，既不過問黨務，也不管國事，只一心一意的傳教布道。沒想到，他回台那天，新黨卻發動千名群眾到機場迎接他，好像把他當成凱旋歸來的英雄，讓他受寵若驚，恍忽以爲已經當選了市長。

上千名群眾到機場迎接某一個人回國，這種場面過去也曾有過，但王建煊既非流亡海外多年的政治異議分子，這趟訪美除了替上帝服務外，也沒替新黨立下什麼偉大的汗馬功勞，而且市長選舉更還早得很，照理說，他這次回國應該跟平常一樣，沒什麼大不了才對，根本用不著勞師動眾去搞千人接機這種場面。

但善於行銷造勢的趙少康卻不這樣想。從他自封爲新黨「競選總經理」後，趙少康就不斷出招，有機會就曝光，有題目就作文章，他的目的就是希望媒體上不斷有新黨的新聞，有新聞就有氣勢，就有運動的能量，趙少康一向很擅長玩這種低成本高回收的媒體遊戲。

他雖然跟王建煊不合，彼此也鬧過彆扭，但王建煊是新黨一九九八年唯一的台北市長人選，如果他不參選，新黨不但無牌可打，立委選舉也可能跟著兵敗如山倒，因此，拉攏王建煊或者打王建煊牌，便成了他的當務之急，如果連這點也做不到，他這個競選總經理乾脆也別幹了。他這次發動千人到機場歡迎王建煊回國，一可替新黨造勢爭取曝光，二可測試支持者的動員能力，三可藉機向王建煊表達善意，一舉三得，惠而不費，這個算盤確實打得很高明。

但「王建煊出國」、「王建煊在美國」以及「王建煊回國」這三件事，基本上並不具備任何特殊的意義或價值，跟「千人接機」也沒有半點邏輯上的必然關聯，因此，千人接機的目的，很明顯是爲了「製造新聞」，從不是新聞變成新聞，再從小新聞變成大新聞，這是不折不扣的「人造新聞」、「假新聞」，雖然其中處處可見機關算盡的斧鑿痕跡，但趙少康的目的卻達到了，媒體明知是假，卻沒人敢拆穿他的魔法。

台灣現在會玩媒體遊戲的政治魔術師，不但人數愈來愈多，手法也愈來愈高明，玩魔法的人沉迷其中，被魔法玩的人也陶醉其中，玩到最後，「搞政治」遲早會像「變魔術」一樣，一切都是玩假的，新黨這次千人接機，就是台灣政治走火入魔前的一個徵兆。

變，是政治人物的本能

每個政治人物都是「物種演化」的教材，其中有人是漸變演化，有人是突變，也有人像變色龍一樣，隨時隨地都在變。

以一九九九年科索夫這場戰爭爲例，派兵參戰的那幾個國家領導人，過去都是「冷戰的鴿子」，但現在卻變成了「後冷戰的老鷹」，歐美學者嘲笑他們由鴿變鷹，已經徹底改變了傳統的「動物學分類法」。

北約秘書長索拉納，在當西班牙外長時，大力反對西班牙加入北約，後來卻成了北約最高領導人。法國總統席哈克在六〇年代，曾與其他「戴高樂主義者」，合力把北約總部趕出巴黎。義大利總理達勒馬，幾年前還強烈反對義大利支持波灣戰爭，後來他卻讓自己的國家成爲北約轟炸機的大本營。

英國外長庫克在八〇年代，還是一個激進的左翼和平主義者，但後來他跟主戰的美國國務卿阿布萊特，卻成了莫逆之交。綠黨出身的德國外長費雪，一向反核反戰，但他卻自嘲說，我作夢也沒想到我的五十一歲生日會在北約外長會議中度過。

至於主張「第三條路」的三大領導人，柯林頓曾因反越戰而逃兵。年輕時愛唱反戰歌曲的英國首相布萊爾，現在對戰爭的態度，被人形容爲比邱吉爾還邱吉爾。德國總理施洛德，八〇年代時曾反對美國在歐洲部署核子飛彈，後來卻成了打破戰後五十年禁忌的第一位「戰爭總理」。

《紐約時報》以「冷戰時代反戰英雄的第一次戰爭會議」這句話，來形容一九九九年召開的北約五十周年高峰會，就十分的傳神。像這樣的戰爭會議，如果在六〇年代或八〇年代時召開，這幾位國家領導人一定誓死反對到底，但現在他們卻也成了別人眼中的戰爭販子，政治人物轉變之大，由此可見一斑。

如果連反戰英雄，都可以一百八十度轉變爲戰爭販子，相比之下，像陳水扁和民進黨改口承認中華民國，以及許信良和宋楚瑜從黨的領導人，到現在決定脫黨、反黨，這些覺昨非而今是的轉變，根本就是小巫比大巫，一點也不值得大驚小怪。

自然界有物種演化，政界也有物種演化，變，本來就是政治人物的本能，不變，才是違反他們的本能。了解這個道理後，再去看台灣的政治人物反反覆覆變來變去，就不會再百思不得其解了。當然，就像柯林頓等人一樣，他們變的理由，一定很冠冕堂皇，信不信由你，不信，就別投票給他。

選總統的人應該「想大的」

總統是大位，要選總統的人因此應該「想大的」（think big），也該跟別人「比大的」。如果他們整天小鼻子小眼睛的只「想小的」，跟別人也「比小的」，這種人還不夠格當總統。

許信良的人氣指數雖然其低無比，但他曾談的國際新秩序、危機社會、新興民族與聯合政府，卻都屬於「大議題」，不管他說的是對是錯，別人贊不贊成，但他肯想問題，而且肯「想大的」，卻值得被肯定。

「想大的」還有兩個例子：雷根當年選總統時，幕僚給他很多建議，但他想的卻是「美國精神」這個大議題。柯林頓選總統時，別人要他減稅，他想的卻是政府再造；別人要他解決失業問題，他想的卻是教育改革。

「想大的」並不表示一定非大議題不想，想得結構一點、理論一點，想得根本一點，長遠一點，也都符合「想大的」定義。例如，解決失業，可以發救濟金，也可以輔導轉業，但改革教育，提升個人的競爭力，才是根本之道。

但「想大的」候選人，卻可能要冒失去選票的風險，柯林頓當年在新罕布夏州，大談教育而不談失業，就差一點被當地民眾噓下台。他後來是靠著「電子民粹主義」，才逐漸的讓選民接受他那種「想大的」的競選風格。

除了選總統的人要「想大的」以外，選民也須要「想大的」。台灣官場瀰漫各種的「氣」，怒氣、酸氣、驕氣、怨氣、殺氣，一大堆的濁氣，到處亂竄。尤其是想選總統的那幾個人，更是集諸氣於一身。

他們每天想的都是小恩小怨，比的也是小是小非，只要一談到其他對手，言詞之間就濁氣逼人，怒、酸、驕、怨、殺混成一氣，味道實在臭不可聞。

「想大的」、「比大的」候選人，除非他有柯林頓當年那樣的本領，否則很難坐上大位。但選民在抉擇時，即使不以「想大的」作爲投票的正面表列標準，最起碼可以採用哪個候選人最常「想小的」、「比小的」來作爲負面表列的標準，誰最常「想小的」，最常「比小的」，就不投票給他，這可能是台灣選民無可奈何的選擇。

捧錯偶像找錯師父

愈沒自信的人，愈有偶像崇拜症。搞政治的人也是一樣，他們因爲對自己沒有信心，因此才會常常亂找師父，來當成他們學習的榜樣。

追求典範本來很有正面價值，但隨便亂認師父跟追求典範，卻是兩碼子事，例如，柯林頓想師法羅斯福總統，這是追求典範，但他如果以尼克森爲榜樣，那就是亂找師父。

同樣的道理，如果有人把新加坡的李光耀，或紐約市的朱里安尼、俄羅斯的季里洛夫斯基，也當成學習的榜樣，那也是找錯了師父。

台灣的政治人物這幾年很流行從歷史中找典範、找師父，中國歷史找得還不夠，連日本幕府史的德川家康，也變成了政客「言必稱，行必學」的偶像，大家人手一套德川家康全集，讀之、引之、闡述之，好像基督徒讀聖經一樣的信之不疑。

有一陣子，這些政客們又多了石原愼太郎這個新偶像。宋楚瑜、謝長廷不但以石原自況，而且更以他來合理化「向中央說不」與「超黨派政治」的正確性。

然而，像石原這樣的政治人物，卻絕對不能以政治的主流或歷史的主流來看待他們，就好像如果美國極右派的布坎南（Pat Buchanan）哪天竟然代表共和黨參選總統，甚至讓他選上總統；或者像俄國的季里洛夫斯基當選總統一樣，他們代表的絕不是主流價値，甚至還可能是歷史的一股逆流。

錯把逆流當成主流，並進一步學而習之，或者抱有「雖不能至，但心嚮往之」的羨慕心理，都是捧錯了偶像，也找錯了師父。

國民黨過去修憲學法國第五共和，學到後來，才發覺愈學愈壞。現在政治人物學德川家康，學石原愼太郎，學南韓的金大中，結果也可能是一樣。

而且，政治人物都擅長「跳躍性的學習」，他們只看到結果，而跳過形成這個結果的過程。石原爲什麼會高票當選？難道只因爲他打著無黨派的旗幟？或者他敢向中央說不？南韓的「兩金體制」爲什麼會形成？這種體制是分權還是分贓？

追求典範有「橫的移植」與「縱的繼承」兩種，尤其是橫的移植，更必須小心謹愼，但台灣的政治人物正掉入「東京啓示錄」與「漢城啓示錄」的美麗幻覺中，希望他們頭腦清醒一點，顯然是不太可能的事。

最可怕的「界線的模糊」

台灣的政治，可以用「一片模糊」這四個字來概括形容。

要不要選總統？答案本來只有「要」或「不要」兩種，簡單至極。但那些明明懷抱司馬昭之心的政治人物，卻偏偏會給你第三種、第四種答案，他們的答案百轉千迴、撲朔迷離，一會兒意在言外，一會兒又呼之欲出，把「模糊也是一種策略」本領發揮得淋漓盡致，但說了等於沒說，都是一大堆垃圾，非常的無聊。

但這種「語言的模糊」還不可怕，最可怕的模糊是「界線的模糊」。

想選總統的那幾個人，雖然分屬不同政黨、不同世代與不同的成長背景，但他們一談起治國大道理，內容卻幾乎一模一樣，讓人分不清這個黨和那個黨，路線到底有什麼不同？或者這個人跟那個人，政策又有什麼不一樣？就好像經過同一個模子鑄造出來的一樣，大家都長得一個樣子。

「差異性」本來是政黨政治最重要的本質之一，選民這次選這個黨，下次改選那個黨，選的就是兩個黨的差異。如果黨與黨只是黨名的不同，並沒有路線的差異，換黨做做看的前提，就根本不存在。

同樣的道理，同黨或不同黨的這個人與那個人，除了天生的長相不同外，如果他們喊的口號與走的路線，也找不到什麼本質上差異的話，誰來做總統不都是一樣？與其勞民傷財辦選舉，不如讓他們猜拳定勝負算了。

更不可思議的是，想選總統的那幾個人，不但長得很像，分不清彼此，而且他們長得都有點像李登輝，都是照他的樣子，去拉皮整形美容，每個人都成了李登輝的翻版。

「延續性」雖然是治理國政的要務之一，但選民所以選柯林頓，就是希望他能做跟布希不一樣的事，選布萊爾而不選梅傑，選施洛德而不選柯爾，也都是一樣的道理，如果「延續」是至高無上的價值，又何必換人做做看？

更何況，只有同黨的人才會把「延續」當成競選口號去喊，例如，高爾說要延續柯林頓的政策，但如果連共和黨的小布希或杜爾夫人，也喊出延續柯林頓路線的口號，那豈不是奇哉怪也？選民何不乾脆選「正牌的翻版」高爾算了？

政治人物刻意製造「界線的模糊」，通常有兩個原因，一是缺乏創造力，二是缺乏自信。不能創造，就只好延續，跟著做總沒錯。缺乏自信，所以不敢挑戰主流價值，於是只好以製造模糊來製造錯覺，並進而希望選民產生「美麗的誤會」，錯把「盜版」當「原版」。

台灣的政黨政治才剛開始沒幾年，過去那種「假極端」雖不足取，但後來這種「假模糊」卻顯然也有點矯枉過正、走火入魔。想選總統的那些人，尤其是阿扁，千萬不要玩模糊策略玩得太過火，而讓兩千年總統大選變成了一場模糊仗。

用空話來解釋空話

政治人物說空話，就跟他們說謊話一樣，都可以說得臉不紅氣不喘，而且說得冠冕堂皇，好像眞的一樣。

但他們每說一句謊話來圓謊，結果卻愈圓愈謊。他們每說一句空話，也一樣要靠另外十句空話來「塡空」，結果也是愈塡愈空。

台灣流行的一些政治辭彙，不管是新中間、超黨派，還是全民政府，聽起來都很有學問，讓人心嚮往之，也都像掛在半空中的甜餅，讓人垂涎欲滴。

但這些辭彙到底講的是啥米碗糕？事實上，這些政治人物自己也說不出所以然，於是只能用空話來解釋空話，以口號來說明口號，說新中間就是新三角，超黨派就是政黨放兩邊，全民政府就是以全民利益爲依歸，但說了等於白說，沒有慧根的人也愈聽愈糊塗。

任何一種產品的生產過程，一定是先有產品，然後才有產品的名稱，但政治人物生產空話，卻是反其道而行，口號喊得震天價響，但問他牛肉在哪裡？他卻回答「你等會兒，我會一道一道端出來。」

英國的布萊爾、美國的柯林頓，以及德國的施洛德，雖然都是靠走「中間路線」獲勝，但他們在打出「第三途徑」或「溫和左派」這些口號的同時，就對政府該大該小，預算支出該如何分配，稅收要增要減，社會福利哪些該做不該做，國際社會該如何參與等等，都有邏輯一貫的完整配套拿出來，口號與政策相互呼應，理論與方法首尾一致，絕不是爲中間而中間，爲溫和而溫和，更不是爲了選舉喊喊口號，當選後做的又是另一套。

民主國家的政治人物，現在幾乎都把走「修正主義」當成贏的策略，也當成一種流行，台灣政治人物趕流行走修正主義，本來無可厚非。但不管是左修、右修，或者統修、獨修，都要「修正有理」才行，有理論，有邏輯，也有實踐的方法，否則就是嘴巴修但大腦不修，口號修但政策不修。

修正主義的競爭，比基本教義的對抗，雖然難度更高，但卻更能表現出政治人物治國能力的高低好壞，選民除了會比較政治人物「整形前」與「整形後」的差別外，還會比較他們從廚房端出來的牛肉，味道有什麼不同，中看不中吃的修正主義，遲早會被選民丟進垃圾桶裡。

辜振甫老先生拚老命

辜振甫結束他的融冰之旅，過境東京轉機時，被人用輪椅推著代步，當時國內外媒體都擠在機場內採訪攝影，如果他不是因爲太過疲累，體力不支，他一定不會答應坐在輪椅上，讓人看到他老邁的樣子。

李登輝當年跟非主流鬥爭時，替他當魯仲連的八大老，現在死的死，等死的等死，只有辜振甫還在繼續活躍，李登輝對他的寵信不但未減，反而與日劇增，不但讓他經常充當元首外交的替身，連兩岸關係這項艱鉅重任，也要靠他拚老命去扛下來。

但辜振甫畢竟已是八十多歲的老人，全世界像他和汪道涵那樣年紀的人，不是早已頤養天年，就是早已不堪聞問國事，沒有人會像他們一樣，在耄耋之年，還要扮演這種不可承受之重的角色。外國記者對他們兩位老先生在上海那幾天，既遊園看戲，又題詩遣懷那種高來高去的中國功夫，不但嘆爲觀止，也對他們的養生之道大感好奇。

兩岸關係，非敵非友，亦敵亦友，雙方見面談判時，言辭上既輕不得，也重不得，太輕有失立場，太重可能不歡而散，分寸的拿捏確實很難。辜汪兩位老人，這次的表現雖然距離「談笑間強虜灰飛煙滅」的境界，還差十萬八千里，但大家能點到爲止，意思到了，已經是很不容易，換了其他人，可能早就吵得不歡而散。

但人會凋零，情勢會變，再過幾年，等到辜、汪結束他們的階段性角色功能後，兩岸談判，誰主浮沉，一定是雙方都感到頭痛的問題。兩岸關係，也許可以靠兩位老先生大打中國功，點滴融冰，但將來的談判，一定是台灣功夫大戰中國功夫，辜、汪那一輩的唱工和身段，都將成絕響，兩岸如果不立刻培養下一梯隊的談判人才，並且趁著老人尙未凋零之前，讓這些接班人以「副帥」的身分，一方面學習經驗，另一方面彼此熟悉對方的話，未來兩岸不但破冰無期，更可能會重回冰河時期。

另外，辜、汪兩位老先生不但該向對方的領導人講眞話，更該在有生之年，也向他們自己的領導人講一些領導並不愛聽的話。已過世的「美國國師」克拉克．克利福（Clark Clifford），雖然曾經獲得前後四位總統的寵信，但他曾力勸杜魯門承認以色列建國，也曾力阻詹森擴大越戰，他爲此得罪過總統，也曾與多位內閣閣員交惡，但結果卻證明他都是對的，美國的戰後外交史，有很大一部分是由他在幕後一手寫成的。辜、汪二老如果也能效法克利福，將來兩岸的歷史改寫，才眞正會留下他們的手筆。

幾近瘋狂的「政治朝聖」

中南海的領導人，從老毛、老鄧到江澤民，一向擅長以「中國式的待客之道」來拉攏人心，其中包括讓來賓吃好的，住好的，看好的，以及領導人親自出面接待等等。許多到北京訪問的人，在自己國家內備受冷落，寂寞無人問，但他們在北京卻被人以貴賓之禮待之，那些高規格的禮遇，不但讓他們感受到人情的溫暖，也讓他們重新找回了自我的尊嚴與價值。

老共的這招中國功夫，從七〇年代開始，不曉得迷惑了多少知識分子、企業家與政客，簡直已經到了無堅不摧的地步。知名的學者賀藍德（Paul Hollander）在他那本《政治朝聖》（*Political Pilgrims*）名著中，就曾經不厭其煩的舉證歷歷，來描寫中南海領導人的這套獨門絕技，他這本書雖然寫於八〇年代，但現在北京領導人的待客之道，還是不出那幾招幾式。梁肅戎率領的「和統會」訪問團，上京就享盡了這種高規格的殊榮。

這個訪問團的成員，幾乎都是退休的政治老人，他們過去也許位居要津，但在台灣現在的權力版圖上，卻都處於少數的、邊緣的位置，更殘酷一點講，這些人早就被歸類爲「過氣的那一群老人」，不管他們講什麼，或做什麼，都已經對台灣起不了任何的作用。

但中南海的那些領導卻慧眼獨具，一向打壓台灣外交的錢其琛，這次破例接見他們，連國家領導江澤民也跟他們相談甚歡了一個小時。這種國賓級的禮遇，讓許多「和統會」的團員喜不自勝，施施然忘其所以，從頭到尾，呼應中國觀點者，比比皆是，而反應台灣觀點者，卻付諸闕如。有些人更忘情的跟著那幾位領導，既罵李又批獨，舉座相濡以沫，眞是不亦快哉！如果江澤民不知道梁肅戎等人現在的行情，那他對台灣的現狀，簡直是一竅不通，如果知道，卻還偏要以國賓之禮待之，這就擺明了是在搞分化、搞統戰，作戲給台灣看。但這幾年，被北京愈高規格禮遇的人，除了極少數例外，通常在台灣都是被人以低規格對待，北京愈統他們、愈捧他們，他們在台灣的地位就愈趨邊緣，這種詭異的結果，北京領導人一定難以想像。

回教徒一生祇要到麥加朝聖一次，就覺得此生足矣。到北京雖然不比到麥加，但台灣有些統派人士，年年上京，月月朝聖，次數之多，幾乎已到了不可思議的地步，但這種幾近狂熱的「政治朝聖」，對兩岸是利多或弊多，到最後會不會變成賀藍德筆下的「政治白日夢」，答案大家心知肚明。

台灣當然有省籍問題

說台灣沒有省籍問題，就像說美國沒有種族問題一樣，都不符合實際。台灣雖然是一個多元族群的社會，但每逢選舉，族群認同問題卻常常是影響選舉的關鍵因素。

國內青壯一輩的學者，例如吳乃德、徐火炎、游盈隆、張茂桂、王甫昌等人，這幾年都曾經做過許多次非常扎實的實證研究，證明在台灣的選舉中，族群認同、國家認同與政黨認同三者之間，有很顯著的相關性，對選民的投票抉擇，也有直接的影響效果。

尤其是以省籍爲主體的族群認同，與以統獨爲主體的國家認同，雖然在理論上並不必然是同義詞，但在選舉這樣的政治動員中，卻常常糾結在一起，不但難分彼此，而且常有互相激化的作用。

認同既是感情的歸屬，也是身分的自我認同，它是一種原始信念，很容易就被激發出來，而生產出「我是誰」與「他是誰」的對立性與差異性。

選舉時，雖然每個政治人物嘴巴都說不會進行族群議題的動員，但很少人能眞正完全排斥這種動員方式。即使在美國這種高度多元的社會中，都難避免。布希曾經因爲以黑人罪犯的族群議題來醜化他的對手杜凱吉斯，而飽受輿論的批評；一九九八年紐約州州長改選中，「誰是種族主義者」，也成爲競選的熱門議題。

但族群議題或族群動員有很強的排他性，尤其是台灣現在面臨族群認同與國家認同兩者惡質化互動的混亂時期，本省／外省的族群認同差異，以及台灣認同／中國認同的國家認同分歧，很可能會因爲符號化、簡單化、教條化、極端化的競選言論，而更趨嚴重，這比在美國進行族群動員的後果更難預料。

美國曾有一樁熱門的社會新聞，並不是柯林頓的緋聞，而是懷俄明大學一位同性戀大一新生，被兩名憎恨同性戀凶手殘酷謀殺的消息。《紐約時報》並以「因爲『他是誰』而被謀殺」的題目寫了一篇社論。性的認同與政治的認同，雖屬不同領域，但「我是誰」、「他是誰」的認同差異與分歧，卻常會激發恨的心理，而「恨能殺人」，這個結果不論在性或政治的領域中，卻都是一樣。

台灣的族群認同與國家認同，這幾年因爲兩岸關係的緊張，而有很大的變化，但根據學者的研究，「台灣的族群問題主要是國家認同的問題」，「國家認同的歧異是當代台灣最重要、最顯著的政治分歧」、「族群之間的緊張關係在很大的程度上，是透過國家認同的衝突表現出來。」一九九四年省市長選舉的族群訴求，以及一九九八年台北市長選舉提前引爆族群議題，都是這些研究的具體例證。選舉雖然是討論認同的一個時機，但在台灣現階段這樣的選舉文化中，類似族群與國家認同，究竟應該是一個「選舉議題」，或者是一個「治理議題」？可能還需要政治人物再三深思。

輯三

古典的西方新聞自由傳統

凱薩琳的那張大圓桌

凱薩琳．葛蘭姆在她位於喬治城的住家餐廳裡，擺了一張很大的圓桌，總統、政要、富豪都曾是這張圓桌的座上客。前國務卿舒茲形容她這張圓桌是「華府政治生活的核心」，她也因爲經常舉辦「圓桌國宴」，而被人封了一個「華府第一女主人」的稱號。

喬治城的另一端，在她位於《華盛頓郵報》大樓辦公室的牆上，則掛了一連串她跟歷任總統合影的照片。知名的老政治記者赫伯斯坦（David Halberstam）形容，這是華府「第二勢力」（郵報）不想跟「第一勢力」（白宮）出現緊張關係的一個象徵。

一張大圓桌與一排牆上的照片，雖然可以證明歷任總統與權貴政要，都跟她有相當不錯的公誼私交，但事實上，從她當《郵報》老闆那一天開始，直到她二〇〇一年七月十七日過世的三十八年歷史中，葛蘭姆女士跟華府的第一勢力，一直是處於亦敵亦友的緊張關係中。

美國的新聞祖師爺普立茲，雖然曾經說過「辦報紙的人沒有朋友」這句名言，但任何人都知道這是違反人性的假道學。以《郵報》爲例，葛蘭姆女士的丈夫在當報老闆時，不但跟甘迺迪總統是至交好友，他也是小甘信賴的策士，挑選詹森當副總統，就出自他的建議。葛蘭姆女士雖然不像他丈夫那樣的過度介入政治，但她也認爲記者雖然不宜與政要有私交，但報老闆卻應該不分黨派的廣結善緣，她自己就跟兩黨歷任總統都曾維持不同程度的友好關係。

詹森跟她的關係，好到竟然敢對她調情的程度。尼克森跟她本來還有點交情，但水門醜聞卻讓她成了尼克森恨之入骨的頭號敵人。卡特不愛交際，在華府四年沒交到一個朋友，當然也不是她的座上客。雷根雖是共和黨，但跟她卻交情匪淺，南茜更是她的手帕交。老布希因爲被她的《新聞周刊》批評是軟腳蝦，跟她的關係是冷淡中帶點敵意。柯林頓因爲年齡跟她差了一大截，兩個人的關係禮貌但疏遠。而小布希在她過世前一個月，才應邀做過她的圓桌貴賓。

然而，葛蘭姆女士卻跟另一位報老闆梅鐸完全不同。梅鐸會因爲他跟國家領導人的關係，而影響他經營的媒體。柴契爾夫人准他併購媒體，他的媒體因此支持保守黨不遺餘力；布萊爾千里迢迢跑到雪梨向他登門請益，並且經常給他的媒體獨家消息，他又轉而熱情擁抱工黨。

但在《郵報》員工的記憶中，他們的女老闆卻從來不曾因爲她跟總統或其他權貴政要的關係，而影響到任何一條新聞。知名的專欄作家包可華就曾經形容，當凱薩琳・葛蘭姆正在她那張圓桌宴客時，她在《郵報》的部屬卻同時正在修理他們老闆宴請的那批客人。

華府的第一勢力祇不過是「暫時的權力中心」，第二勢力的《郵報》才是「永恆的權力中心」。兩黨歷任總統與政要就是因爲了解這個道理，所以他們雖然都視《郵報》爲眼中釘，但卻又常是《郵報》老闆的圓桌貴客。凱薩琳・葛蘭姆也因爲了解這個道理，才讓她自己成爲最有權力的報人之一，也讓她的報紙成爲最有影響力的媒體之一。

這位美國一代報人給世人的啓示是：她的那張圓桌雖然很大，但再怎麼大也大不到《郵報》大樓的編輯部。在悼念凱薩琳・葛蘭姆的同時，這一則圓桌啓示錄，台灣的政客與媒體其實都該謹記在心。

八卦小報打敗主流媒體

誰是美國現在最紅的媒體？答案不是《紐約時報》，而是《國家詢問報》。《國家詢問報》（*National Enquirer*）一向被視爲是不登大雅之堂的八卦媒體，不管它刊登的新聞再怎麼聳動，主流媒體從來都不屑一顧，甚至還嗤之以鼻。但《詢問報》最近的兩條獨家新聞，卻把主流媒體打得灰頭土臉，而且還不得不跟進報導。

《詢問報》的第一個大獨家是「黑人民權牧師傑克遜有一個非婚生小孩」。傑克遜是資深的民權領袖，黑人的代表性人物，曾經多次想角逐總統，也代表過美國政府從事國際外交活動，國內外都有知名度，也有相當影響力。

更主要的是，在柯林頓與陸文斯基緋聞爆發後，傑克遜曾經是小柯與希拉蕊尋求諮商的主要對象，他陪伴小柯在白宮祈禱的新聞，更讓許多人深受感動。

但《詢問報》卻花了七個禮拜的時間，完成了一篇內容扎實的調查採訪報導，證明他跟「彩虹聯盟」一名女性職員有一個非婚生小孩，最後不但逼得傑克遜發表聲明承認，也讓主流媒體不得不跟進報導。

《詢問報》的第二個大獨家是「希拉蕊的弟弟曾經收受鉅款影響柯林頓的特赦」。小柯下台前特赦一百多人，鬧得滿城風雨，其中他對億萬富豪李奇的特赦，更是全美各大媒體炒了一兩個月的熱門新聞。但誰也沒想到《詢問報》卻在此時揭發了一個比特赦李奇更具爆炸性的大獨家。

其實《詢問報》揭發希拉蕊弟弟「受賄」的內幕，並非僥倖得之。小柯的特赦名單公布後，《詢問報》就有一群記者，鎖定了名單中的十個人，全力追查他們的背景，最後終於被他們查出其中的一位商人曾經付錢給希拉蕊當律師的弟弟，這筆「賄款」不但高達四十萬美金，而且《詢問報》竟然神通廣大到還拿到其中一筆由加拿大銀行匯出的二十萬美金的電傳影本。

由於證據確鑿，希拉蕊弟弟也在小柯夫婦的壓力下決定退回「賄款」，因此美國主流媒體這次比上次跟進「傑克遜婚外關係」更覺得顏面掃地。《詢問報》不但稱霸好萊塢，連被主流媒體霸占的華府也被他們兩度攻陷。

《詢問報》的發行量曾在七〇年代時高達五百萬份，這幾年雖然大幅下滑，但仍然維持在二百萬份左右。再加上現任總編輯柯茲（Steve Coz）出身哈佛，他把好萊塢與華府等同看待的編輯理念，更讓《詢問報》博得了「一份記錄柯林頓執政歲月的報紙」的稱號，而不再祇是一份專寫羶色腥的「小報」。

當然，《詢問報》的內容到現在還是以明星八卦爲主，但連續兩次大獨家，卻讓《詢問報》的記者終於一吐忍了多年的鳥氣，證明即使是八卦小報也能讓政客膽戰心驚，讓主流媒體俯首稱臣。

前有網路媒體《抓雞報導》（*Drudge Report*）率先揭發陸文斯基緋聞案，讓「抓雞」（Matt Drudge）這個無名小卒一夜之間變成新聞史上傳奇人物；後有《詢問報》兩度獨家領導輿論，美國的主流媒體不但敗得窩囊透頂，顯然也該自我檢討到底出了什麼問題。

主流媒體不成主流，美國有這樣的一天，台灣大概遲早也會如此吧！

李光耀控告媒體也要學？

《國際前鋒論壇報》（*International Herald Tribune*）的發行量雖然不大，祇有幾十萬份，但它在全世界一百個國家左右流通；再加上《論壇報》的幕後老闆是《紐約時報》與《華盛頓郵報》，內容又是兩大報菁華的集大成，不但新聞品質好，影響力也很大。

《論壇報》雖然在全球行走多年，無往不利，但卻偏偏在新加坡這個蕞爾小國栽過筋斗，不但得罪了當權者，吃上官司，而且還被迫道歉，賠了幾十萬美金。

事情的經過是這樣的：一九九五年，《論壇報》社論版上有篇文章中間，有一段很簡短的文字提到新加坡的「王朝政治」，就因爲這句話，惹來李光耀、李顯龍父子以及吳作棟總理的聯名控告誹謗。

誹謗官司在短短幾個月後就做出判決，《論壇報》有罪，而且必須付出六十七萬八千美元的金錢損害賠償。更不可思議的是，一向在美國本土爲新聞自由奮戰的《時報》

老闆沙茲柏格與《郵報》老闆葛蘭姆，竟然在這場境外官司中，不但低頭認錯道歉，乖乖付出賠償金，甚至還在訴訟程序中放棄辯護的權利。

新加坡一向以控制、控告與懲罰境外進口媒體或記者聞名全球，《論壇報》的遭遇祇是眾多案例之一而已。根據一九八六年公布的出版法令，星國政府對境外媒體擁有禁止進口、降低發行量的權力，外國記者更動輒被停發採訪許可證。至於媒體或記者被懲罰的理由，大至於報導不正確、不夠平衡，小至於媒體拒絕全文刊登更正投書，全世界幾個數得出來的知名媒體，《洛杉磯時報》、《時代周刊》、《亞洲華爾街日報》與《遠東經濟評論》等等，在新加坡都有被懲罰的前科。

但由於新加坡在亞洲國家中擁有無可替代的價值，境外媒體即使再怎麼飽受屈辱威嚇，也不得不低頭就範。《論壇報》當年道歉賠款的決定，雖然備受美國本土輿論的抨擊，並要求《論壇報》以撤出新加坡的行動來表示抗議，但《論壇報》基於全球總發行量當中有十分之一是在新加坡印刷的市場考慮，仍然決定忍辱求生。即使連一度一怒宣布自新加坡撤出的《遠東經濟評論》，最後也在嚴苛的條件下重返傷心地。

李光耀告過許多境外進口媒體，而且每一場官司他都勝訴，他不但是新加坡政治人物搞政治的典範，也是他們打官司的榜樣。吳作棟在《論壇報》官司敗訴的同一個月的一場演講中，就曾經公開宣布，西方媒體是新加坡面臨的「第二大威脅」。自九五年官司敗訴後，《論壇報》從此不再刊登任何批評新加坡的文章，一向筆伐星國政治不遺餘力的知名專欄作家，例如《時報》的威廉·薩費爾，他的文章就永遠不可能登陸新加坡。

台灣有些人盲目學習李光耀，甚至好的不學，儘學壞的，連他控告媒體也要拿來當榜樣，並且還在法庭上做爲攻防的武器，這些人的腦袋裡眞不曉得裝的到底是什麼東西。

歷史不會忘記他們的名字

施啓揚在當司法院長時，曾經抱怨媒體報導太多負面的司法新聞，害得他在司法院的同事，每次搭計程車上班時，都向司機說要到總統府或北一女，而不敢說到司法大廈。

媒體與司法雖然都扮演發掘眞相的角色，都是民主化的指標之一，也都曾經是威權統治時代的「政治受難者」；但由於兩者的組織性格與專業規範大不相同，因此彼此之間一直存在著一種緊張關係，施啓揚的抱怨，也的確是一個事實。

但全世界的記者都一樣，大家都比較偏愛衝突性、內幕性的新聞；在司法新聞這個領域裡，不但很少見到「有意義的司法新聞」的報導，也很少有記者會去長篇大論探討一項判決的背後意義是什麼，更遑論會讓那些做出重要判決的法官，變成家喻戶曉的焦點人物。

從組織性格來講，司法體系本來就是一個封閉性格的組織，法官對媒體一向是能不互動則不互動，即使自己做出了再偉大的判決，如果記者不主動追問，沒有法官會強出頭自行告知大眾，他們到底做了什麼。再加上司法機關的發言機制一向不願凸顯個案或個人，因此社會大眾很難得知在司法領域裡，到底出現過哪些「里程碑式的判決」，或者有哪些值得給予掌聲的好法官、好檢察官？

但在美國司法史上，祇要一旦出現了具有里程碑意義的判決，不管是出自最高法院、聯邦法庭或州法庭，媒體一定廣爲報導，法官的名字也會被人一再的提及。

以司法判決與新聞自由的關係爲例，美國最高法院在六〇年代的「蘇利文案」判決，以及七〇年代的「越戰文件案」判決，都是攸關言論自由的「里程碑式的判決」，大法官布瑞南、布雷克等人的名字，也從此留名青史。

而里程碑之所以爲里程碑，是因爲它有改變歷史的意義。在「蘇利文案」之前，侵害他人名譽之言論並未受到美國憲法第一修正案的保障，但自此以後，「蘇利文案」的判決卻成爲各級法院的一個判決典範。美國記者幾十年來能免於誹謗侵權的罪責，媒體能享有不畏權勢的新聞自由空間，完全是拜「蘇利文案」之賜。

台灣有關言論或新聞自由的判決，過去一向很少出現過具有進步意義的判決，但二〇〇一年卻是改變過去半世紀歷史的一年。大法官會議做出的五〇九號解釋文，地院與高院對「劉泰英控告《亞洲周刊》」的判決，以及對「《自由時報》控告《天下雜誌》」的判決，都具有里程碑的意義。如果把五〇九號釋憲文等同於美國的第一修正案，其他兩項判決等同於「蘇利文案」，大概沒有人會批評太過誇張牽強。

但《亞洲周刊》能獲判無罪，多少也有點「幸運」的成分使然。此案在地院的初審法官李維心，在高院的二審法官李世貴，前者是被司改會評鑑爲八十分以上的法官，後者被評鑑是七十至八十分的法官，他們的表現在法界都有不錯的評價，如果換了其他法官審理此案，判決結果是否還會那麼「幸運」，坦白說誰也不知道。

台灣是一個缺乏里程碑也缺乏典範的社會，司法體系在短短一年內，連續出現了幾項改寫歷史的判決，跟西方民主國家的新聞自由標準接軌，這是台灣司法的大躍進，也是新聞自由的三級跳。那幾位大法官與法官的名字，都將刻在里程碑上面，歷史不會忘記他們。

浪淘盡千古風流人物

二〇〇〇年底一個多月，陸續走了好幾位曾經知名一時的老人，新聞界的卜少夫、政界的江鵬堅、影劇界的蔣光超，突然都變成了歷史。另外，音樂界的許常惠，也在死亡的邊緣掙扎。

這幾位走掉的老人，都曾經在他們各自的領域裡輝煌過，各領風騷過；但浪淘盡千古風流人物，即使在他們還活著的晚年，他們也早已不再是主流，說他們是邊緣人物，雖嫌殘酷，但庶幾近矣。年輕一輩的人對他們，不是祇知其名而不知其人，就是根本未曾聽過這號人物。

卜少夫快一甲子前在重慶辦《中央日報》，得罪過孔宋家族；五十多年前，他跟陸鏗等十一位老友創辦《新聞天地》，也曾經洛陽紙貴多年；戒嚴時期，他寫過像〈蔣經國浮雕〉那樣的文章，對小蔣亦褒亦貶，依現在的標準，雖然下筆不痛不癢，但當年卻少有人膽敢如此爲文。

這些歷史，誰還記得？不知道歷史的人，當然對他寫的最後一篇文章，何以引用譚嗣同「我自横刀向天笑」的詩句當標題，也就無感無覺，不知其所以然了。

江鵬堅比卜少夫少活了三十歲。他跟阿扁雖然都因美麗島事件而揚名，但現在的扁迷有誰記得這位長年梳著「歐羅巴古頭」的歐吉桑，曾經替哪位美麗島被告辯護過？記得他是現在的執政黨的創黨主席？記得他曾經「不守權力的分際」，以前主席的身分，一度降一級改敘屈就許信良的秘書長？

至於蔣光超，哈日成風的小朋友當然更是聞所未聞。對他曾經有過的「鮑伯霍勃」封號；他那一代的諧星表演風格；老一輩演藝人員能歌、能舞、能演的全能型本領；以及他曾經帶給多少人歡笑悲哀的那段歷史，可以想見是一概嘸宰羊，他們與其去聽不知所云的〈鳳還巢〉，倒不如去學張震嶽〈放屁〉連連。

走掉的那些老人，沒有一個是完美的，他們活著的時候，都嘗過譽之所至謗亦隨之的滋味，他們沒被美化過，更未曾被神話化過。但也正因爲如此，他們所各自代表的那一段比較眞實的歷史，才益發不該被輕易的遺忘。

遺忘也許是一種美德，但缺乏或者沒有歷史感卻是一個嚴重的問題。當記者的人不認識卜少夫這個人，熱愛政治的人不知道「椪柑」是何許人，搞表演的人視蔣光超如無物，既不知他們在歷史座標上的位置，也找不到跟他們之間的繼承與呼應的關係，這種結果，也許無關於他們現在的專業角色的好壞，但怎麼說都是一種缺憾。

台灣現在是一個加速度的社會，速度快到就像一篇連標點符號都來不及打下去的文章，沒有半點可以停頓的空間，每個人祇顧得當下，所謂歷史，所謂那些走掉的老人，祇不過在乍聞他們的死訊，或者在靈堂向他們鞠躬致祭的那一剎那，才會有短暫的記憶，但等闔上報紙，鞠完躬轉身離開之後，一切都不復記憶。

這就是台灣。一個祇有短暫記憶也缺乏歷史感的社會。悲哀？也許吧！

買媒體也買不回天下

國民黨雖然換了黨主席，換了組織架構，也換了秘書長、中常委以及一缸子的黨務主管，但什麼都換了，卻獨獨沒有換腦袋，甚至國民黨現在的腦袋比以前還要控固力。

如果不是腦袋控固力的話，國民黨絕不會動腦筋去想或者去做收購或投資媒體這樣的事，連戰也絕不會說出國民黨是因爲在各縣市沒有掌控廣播電台才失去民眾支持這樣的話。

國民黨輸掉總統大選，輸的原因有一大籮筐，但卻絕對不是輸在沒有掌控媒體，也並非輸在文宣做得太差，而是本質出了問題，本質中又以選錯了人是最大關鍵。

美國民主黨執政八年，經濟一片榮景，按理說高爾的選戰應該打得很輕鬆才對，但結果卻完全相反，最主要的原因就是民主黨選錯了人。柯林頓最近自誇，如果憲法沒有限制的話，他一定可以三連任，此話絲毫不假。

國民黨也是一樣。一九九七年金融風暴席捲亞洲時，各國都受傷慘重，唯獨台灣安然無恙，按理說選民應該感恩以選票圖報才對，但結果連蕭搭檔卻輸得一敗塗地。有人說，如果李登輝還可連任，結局一定不同，此話也絲毫不假。

一旦選錯了人，即使掌控再多媒體，文宣做得再好，也改變不了錯的本質，就像醜八怪即使用再好的化妝品，也不可能把自己化妝成西施一樣。

更何況，政黨或政治人物的成敗，跟媒體祇有相對而不是絕對的邏輯關係。柯林頓選總統時，美國各州的地方性廣播電台，其中高收聽率的節目，大多數都掌控在共和黨甚至是極右派人士的手中，但小柯卻仍能連敗布希與杜爾二人。陳水扁能以一人打敗一黨，靠的也絕不是在地方擁有星羅棋布的草根媒體。

這個道理雖然卑之無甚高論，但政治人物卻就是搞不懂，他們祇要一遇到挫敗，第一個怪罪的就是媒體，並且誤認支持自己的媒體愈多，就愈能逆轉不利於己的局勢。

尼克森在水門醜聞紛紛擾擾的兩年多期間內，不但曾多次以「民主黨的報老闆」、「親麥高文的媒體」來指控《華盛頓郵報》，根據已解密的尼克森檔案顯示，他並且一度下過條子，要求他的親信跟匹茲堡一位很有錢的大右派報紙老闆史卡非祕商，要他收購股票買下《郵報》，以永絕後患。二十多年後，這位史卡非先生，也被希拉蕊指控是「右派倒柯大陰謀」的幕後金主，連倒柯大將獨立檢察官史塔在加州一所大學的講座，也是由他所捐獻。

類似的例子也發生在其他國家。菲律賓總統艾斯特拉達，明明自己言行不檢，卻怪罪媒體破壞他的形象，他誤以爲把一直跟他作對的《馬尼拉時報》買下據爲己有後，就可以從此高枕無憂，但沒想到最後仍難逃被彈劾的惡運。

國民黨掌控的媒體，不管是擁有、投資或經營的關係，祇嫌太多，絕不嫌少，但這麼多媒體加起來，還是撐不住國民黨的政權。國民黨即使再收買或投資更多的媒體，甚至把全台灣的媒體都盡納手中，又能如何?失去的天下照樣買不回來，就像換人不換腦袋一樣，即使所有人都換掉，也喚不回政權。

連這種基本常識都沒搞懂，國民黨的未來可想而知。

冒煙的槍怎能視而不見？

水門醜聞剛爆發初期，當時《華盛頓郵報》的發行人凱薩琳・葛蘭姆有一天突然問《郵報》的總編輯布雷德利：「如果這條新聞眞像你講的這麼天大地大，那麼其他媒體都跑到哪去了？」

葛蘭姆的這個大哉問，確實其來有自。根據事後的調查統計，在當年共四百多位的華府記者中，祇有十五位記者把水門案當成是一條「事有蹊蹺」的新聞在跑，其他人不是在忙於採訪當時最熱門的總統選舉新聞，就是把水門案祇當成是一件闖空門的小竊案看待，根本不屑理會，祇有《郵報》一家媒體孤零零的往前衝。

即使連伍華德在《郵報》的許多同事，也對他跟伯恩斯坦這兩位小記者亂衝、亂挖新聞的作風，很不以爲然。尤其是《郵報》跑白宮的記者，更調侃本來專跑都會新聞的這兩個後生小輩小題大做，根本不懂政治新聞爲何物。

另外，水門醜聞二十多年後才發生的白水案，剛開始時也同樣沒受到主流媒體的青睞。阿肯色州的地方報，雖然陸續有柯林頓夫婦在白水地產買賣案中涉嫌非法的報導，但直到案發多年後，主流媒體才像大夢初醒一樣，發覺到這條新聞非同小可，最後甚至把它當成另一個水門案去大炒特炒。

在水門案的報導中，《郵報》曾經創造出許多現在早已成爲經典的水門詞彙，其中有一個詞叫「冒煙的槍」（smoking gun）。根據翻譯名家喬志高的解釋，在偵探小說裡，拿獲兇手的眞憑實據，莫過於一隻還在冒煙的手槍。而水門案經過媒體的追查、國會的傳訊與司法的調查，最後人證物證都指向白宮，這些證據，不管是直接或間接，就是所謂的「冒煙的槍」。

理論上，任何記者不要說看見冒煙的槍，即使祇聞到一點點煙硝味，就該作出事有蹊蹺的判斷，但有些人或許看多了冒煙的槍，早已見怪不怪；有些人或許反應慢半拍，缺乏警覺心；另外也有些人則或許基於不同的動機，故意視冒煙的槍而不見。

美國媒體在甘迺迪還活著的時候，從來不曾報導過他的風流韻事，原因並不是他們沒看見冒煙的槍，而是因爲像《紐約時報》的雷斯頓（James Reston）、阿索普（Joseph Alsop）以及《華盛頓郵報》的布雷德利等主流媒體高層，都跟小甘是哥們兒，他們是知情不報。

香港首富李嘉誠的私人生活，全香港的媒體高層不是知之甚詳，就是耳聞已久，但如果有媒體敢報導他的私生活，即使衹是隻字片語，其結果一定是這家媒體的年度廣告預算被他的企業抽得一乾二淨，冒煙的槍雖然就在眼前，但大家都裝作視而不見。

美國的知名老記者貝克（Russell Baker）曾經講過一句發人深省的話：如果一個記者在寫完稿下班後，聽到街上急駛而過的警笛聲，卻竟然無動於衷，連抬頭看一看都懶得看，這樣的記者可以說連好奇心都沒了，乾脆趁早改行算了。

聞警笛聲而無動於衷，就跟視冒煙的槍而不見一樣，不論是因反應麻痺而造成見怪不怪使然，或是因虛無心理而認爲無可無不可使然，卻都有違媒體的本色；一旦本色蕩然無存，媒體就不成其爲媒體，記者也就不成其爲記者了。

這個道理放諸四海而皆準，台灣當然也不該成爲例外。更何況，即使有人視而不見冒煙的槍，但槍口冒煙卻是一個客觀的眞實。

國家領導人告媒體的故事

位於非洲西南的納米比亞共和國總統魯赫馬，二〇〇一年十月決定控告一家叫《文特胡克觀察家》的報紙，理由是這家報紙曾經刊登一篇不實報導，指稱他在剛果共和國內擁有一座金礦。魯赫馬在一九九九年也曾經控告《觀察家》誹謗他的人格，並且索賠一億二千五百萬納幣，但這場官司到現在仍未定讞。

非洲另一個國家辛巴威共和國的總統莫加比，二〇〇一年十一月初也準備控告《每日新聞》與《標準》這兩家報紙，理由是這兩家報紙不實報導，指稱他打輸了一場在美國的官司，並且賠了四億美元。官司的起因是：二〇〇一年六月，辛巴威舉行國會選舉，但反對黨有三十人在選舉中死亡，幾位倖存者逃到美國後向紐約法庭控訴莫加比的暴行。

另外，位於中亞的吉爾吉斯共和國的總理莫拉里耶夫，也曾以刑事誹謗控告一家反對黨報紙，理由是這家報紙的報導侮辱了他。根據吉爾吉斯的法律，媒體不但不能侮辱總統的榮譽與尊嚴，也不能冒犯執行公務的政府官員。

在亞洲地區，二〇〇一年面臨彈劾危機的菲律賓總統艾斯特拉達，二〇〇〇年三月曾經控告菲國最老牌的報紙《馬尼拉時報》誹謗，理由是這家報紙報導指稱，他將公共工程的契約圖利支持他的親信企業，他並且向《時報》索賠二百六十萬美金。

艾斯特拉達在控告《時報》後不久，雖然撤回了告訴，但他卻透過親信一舉收購《時報》，《時報》在換老闆後，編輯部高層主管不是被開除，就是辭職求去。另外，對經常報導政府醜聞的菲律賓第一大報《菲律賓每日詢問報》，拍電影出身的艾斯特拉達也發動支持他的電影業者以及親政府的企業，不在《詢問報》上刊登廣告，以資制裁。

國家領導人控告媒體的這些例子，都是發生在半民主、假民主或空有民主之名卻無民主之實的國家；在真正民主的歐美國家內，國家領導人控告媒體幾乎是聞所未聞。

唯一差一點變成例外的例子，發生在美國卡特總統卸任前夕。在新總統雷根到華府參加就職大典前，卡特安排雷根夫婦住進專門招待國賓的「布萊爾之家」。但當時《華盛頓郵報》卻刊出一篇專欄，指稱卡特在「布萊爾之家」竊聽雷根夫婦，卡特讀報後大怒，宣稱將控告《郵報》，理由是如果他不告，將來住進「布萊爾之家」的外國領袖都會擔心被竊聽。但《郵報》與寫專欄的作者卻聲稱握有正確的消息來源，最後在白宮與

《郵報》高層幾經溝通磋商後，卡特並未提出告訴。

其他幾位美國領導人，雷根與布希曾被媒體報導主導伊朗軍售醜聞；柯林頓夫婦曾被報導在白水案中非法圖利他人；希拉蕊的好友兼白宮幕僚佛斯特死亡後，媒體曾報導佛斯特並非自殺，並指稱第一夫人曾經與他有染；《紐約時報》的知名專欄作家薩費爾曾經在報上公開指控希拉蕊是大騙子；尼克森更被水門醜聞報導纏身二年多，這些報導無一不涉及國家領導人的形象與誠信，但他們卻未曾控告過任何一家媒體。

國家領導人當然有權控告媒體，媒體也無懼於對簿法庭，但歐美民主國家領導人之所以不對媒體興訟，並非心虛懼訟，而是因為此類訴訟屬於憲政問題，茲事體大，不可不慎。

在這麼多非洲、亞洲、中亞與美國的例子中，台灣領導人到底該學習哪個國家？

「深喉嚨」隱姓埋名三十多年

「水門醜聞」發生至今已三十多年，由於各項機密檔案逐年解密，該曝光的內幕大概都曝光完了，且包括誰是「深喉嚨」這個祕密。

「深喉嚨」（Deep Throat）是一個代號，他是《華盛頓郵報》記者伍華德（Bob Woodward）當年採訪醜聞案時最重要的匿名消息來源。伍華德從開始接觸「深喉嚨」起就答應他，除非他自己願意公開，否則一定替他的身分保密。三十多年來伍華德未曾食言，在「深喉嚨」是誰的謎底解密前，全世界祇有伍華德、他的採訪搭檔伯恩斯坦（Carl Bernstein）、《郵報》的前總編輯布雷德利（Ben Bradlee）以及「深喉嚨」自己共四個人知道，連《郵報》當年的女老闆葛蘭姆（Katharine Graham）也不知道他到底是何許人。

《郵報》的兩位記者與總編輯，三十多年來不曉得被人問過幾百、幾千次誰是「深喉嚨」這個問題，但他們守口如瓶，甚至連他們最親近的家人也被列爲保密的對象。一項祕密竟然能保密那麼多年，雖然有點不可思議，但也可見他們的確是重然諾的新聞記者。

但愈是解不開的祕密，大家愈有興趣去發掘。尼克森當年猜「深喉嚨」是聯調局的第三號人物費爾特（W. Felt），但費爾特直到一九九九年仍然矢口否認。其他諸如季辛吉、海格或聯調局長葛瑞（L. Gray）等人，也曾多次被人猜是「深喉嚨」，但不管猜對或猜錯，伍華德從未主動說明，也從未被動證實或否認。

直到二〇〇五年費爾特自己承認前，「深喉嚨」仍然是一個沒有姓名也沒有臉孔的人，即使在二〇〇〇年八月出版的《尋找深喉嚨》（*In Search of Deep Throat*）這本書中，也沒有任何新的發現。每個人對「深喉嚨」的認識仍僅限於伍華德筆下的描述：男性，老煙槍，愛喝威士忌，偶爾會衝動，目前尚在人間。除此無他。

伍華德跑水門醜聞時，消息來源很多，但「深喉嚨」卻是他最重要的來源。不管在採訪上碰到任何疑難雜症，祇要跟「深喉嚨」約好某個午夜在固定的地下停車場碰面後，幾乎每一項問題都有答案。歷史上雖然把揭發醜聞的功勞歸給兩位《郵報》記者，但眞正改變美國歷史，並且把總統拉下馬的頭號功臣，卻應該是代號叫「深喉嚨」的那個神祕消息來源。

水門醜聞從案發到尼克森辭職下台，前後歷經二十六個月，其間雖也有白宮放出「民主黨媒體」打擊「共和黨總統」這樣的陰謀論，但多數美國人卻不作此想。更重要的是，水門醜聞雖然造成華府政壇兩年多的紛擾不安，牽連的對象又高到總統與他的親信幕僚，最後甚至逼得總統下台、多位親信入獄，但從頭到尾沒有人以總統形象受損、政局動盪不安或國家利益高於保護消息來源的個人利益等理由，要求《郵報》公開「深喉嚨」的身分，或者公布採訪的證物來證明《郵報》的報導爲眞，即使連視媒體如寇讎的尼克森也不敢提出這樣的要求。

所謂民主，所謂新聞自由，所謂新聞倫理，在水門醜聞一案中盡皆表現無遺。因爲有了這些條件，眞相才得以大白，媒體才得以免於恐懼，「深喉嚨」也才得以隱姓埋名。

美國能夠如此，台灣何獨不然？

五名水管修理工人的故事

尼克森政府處理「越戰密件」洩密案，從一開始就採取明暗兩手策略，明的向聯邦法庭申請禁制令，暗的卻在白宮成立了一個祕密組織，用盡各種違法濫權的骯髒手段，去打壓跟密件有關的當事人。

白宮的這個祕密組織有一個代號叫「水管修理工人」（plumbers），組織成員共有五人，帶頭老大是尼克森的親信助理艾立克曼（John Ehrlichman），這五名躲在白宮行政大樓地下室作業的「水管修理工人」，在短短一、兩年內幹下了許多不爲人知的醜陋勾當。

「水管修理工人」最早的任務是調查「水管漏水」（政府機關洩密）的問題，其中包括《紐約時報》到底掌握了多少「越戰密件」？誰是密件的洩密者？但爲了要徹底「查漏」，這五名水管修理工人，竟然無所不用其極，甚至連犯罪的手段也在所不惜。

他們爲了要醜化密件的洩密者艾斯柏格（Daniel Ellsberg），除了到處散布不實謠言打擊他，並且傳訊騷擾他的親朋好友外，竟然還像小偷一樣潛入艾斯柏格的精神醫師住處，偷取他的醫療紀錄。

更不可思議的是，他們因爲懷疑民主黨的智庫重鎮「布魯京斯協會」（Brookings Institution），可能也藏有另一套「越戰密件」，因此一度密謀一項「火燒布魯京斯」的行動，準備派人在協會大樓內縱火，然後由他們假裝救火人員進入大樓，趁火打劫把密件奪回。但最後因爲有人認爲此舉太過瘋狂，水管修理工人才沒變成縱火犯。

做小偷、當縱火犯之外，這批水管修理工人當然更不會忘記使出他們的看家本領：非法監聽電話。

在最高法院判決尼克森政府敗訴後，司法部並未再控告媒體，反而以「叛國」、「違反間諜法」與「竊取政府文件」等罪名控告艾斯柏格。但在審判過程中，不但爆發了艾斯柏格的醫師住處被人侵入偷竊的醜聞，承審法官更發現聯調局非法監聽被告朋友電話的事實，因此他以檢調濫權的理由，撤銷了所有對艾斯柏格的控訴。

但在審判結束三天後，聯調局卻主動公布了一項更驚人的醜聞：除了艾斯柏格被非法監聽外，尚有十三位政府官員與四位記者的電話被非法監聽，監聽錄音帶共有十七卷，監聽時間長達兩年，而且錄音帶都藏在總統助理艾立克曼的白宮保險櫃裡面。

其實，這五名水管修理工人最顯赫的「豐功偉業」，並不是調查越戰密件的洩密，讓他們留名千古所犯下的那件轟動全球的案子——水門醜聞，才是他們的代表作，這件案子不但讓他們自己鋃鐺入獄，也讓他們的大老闆美國總統辭職下台。

從越戰密件到水門醜聞，尼克森手下的五名水管修理工人，一路走來，濫權如一，如果不是媒體鍥而不捨的揭發，誰會知道他們在暗中做了那麼多見不得人的違法勾當？

美國的這個故事，曾從《中晚》、《勁報》等媒體身上積極「查漏」的台灣檢調人員，不妨姑妄聽之，但千萬不要有樣學樣，也變成了水管修理工人，否則，結局可想而知。

連尼克森都不敢搜索報館

台灣的檢察官愈來愈兇悍，他們曾以打擊黑金為名，創下搜索國會的歷史紀錄；又以維護國家機密為名，不但搜索報館，並且又創下封鎖報館的歷史新紀錄。短短一、二個月內，檢察官連創紀錄，揮軍直搗國會與媒體兩大「民主聖堂」，不但改寫了台灣的民主史，在全世界的民主史上，也足以留名千古。

報館與國會一樣，並沒享有治外法權，檢察官如果認定媒體有犯罪之嫌，當然可以依法偵訊或起訴，民主國家的媒體因為被告而上法庭者並不乏其例。但檢察官採取法庭外的法律行動，以大軍壓境的方式搜索或封鎖媒體，卻在民主國家聞所未聞。

以美國為例。一九七一年六月《紐約時報》與《華盛頓郵報》相繼刊登被國防部列為最高機密的「五角大廈越戰密件」後，一向痛恨自由派媒體的尼克森政府終於逮到了報仇的機會，但即使濫權如尼克森者，他也祇敢下令他的司法部長向聯邦法官申請發布暫時禁制令，禁止兩大報在判決確定前繼續刊登越戰密件。司法部雖然也搜索了密件洩密者艾斯伯格（Daniel Ellsberg）的住處，但卻未曾約談撰稿記者，更不敢下令檢察官或聯調局幹員大舉搜索這兩家報館或記者的住處。

「越戰密件」厚達七千多頁，尼克森政府認定它屬於最高國防機密，如果媒體洩密，後果不堪設想，不但會破壞政府在越南的軍事行動，危害到戰場上美國子弟的生命安危，而且還會讓敵人破解軍用密碼，也有損友邦的信任，甚至會阻礙美國與越共的祕密和談。除了洩露國防機密的罪名外，司法部並以可能涉嫌叛國的罪名，來恐嚇《時報》與《郵報》。

但即使罪名這麼嚴重，司法部也恨不得在最短期間內從兩報的手中奪回密件的複本，但他們卻仍然不敢動用強制處分的搜索權來扣押或沒收證物，祇能由司法部長打電話、打電報、寫私人信函給兩報負責人，希望他們把密件交還給國防部。

跟越戰密件相比，劉冠軍的檢調偵訊筆錄，在機密程度上，簡直是小巫見大巫，其中即使有檢察官所稱之國安局祕密帳戶，但此與國家安危何關？更何況，媒體已刊登之筆錄內容無一字與此相關，檢察官如果擔心媒體持續洩密，大可以與報社負責人面對面溝通，分析利害，哪有不告而強行搜索蒐證的道理？

越戰密件雖然被尼克森政府形容得那麼機密，那麼與國家安全息息相關，但事後經過聯邦法庭與最高法院的判決認定，卻證明全屬危言聳聽；劉冠軍的偵訊筆錄，焉知不也是如此？可見全天下的政府都是一樣，動不動就會用國家機密來嚇別人，也嚇自己。

搜索蒐證或羈押蒐證，都有濫用檢察權之嫌，如果檢察官都抱著「但可搜則搜，但可押則押」而非「但可不搜則不搜，但可不押則不押」的心態，則國會危矣，媒體危矣，小老百姓危矣！

二〇〇〇年《中時晚報》被搜索、被封鎖，這是新聞自由史上黑色的一日，陳水扁不能視若無睹，陳定南更不能袖手不管，否則，檢察署比警總、民進黨比國民黨更值得全民聲討！

二十多年前的一段往事

民國六十八年六月十日上午，位於霧峰的台灣省議會，議場內正熱烈進行省政總質詢；議場外陰雨綿綿，一支已經進行半個多月軍事演習的部隊，正聲勢嚇人的在省議會轄區內來往奔馳。

議場內質詢的兩位省議員林義雄與張俊宏，向當時的省主席林洋港提出嚴重抗議，抗議省議會已遭到大軍壓境，抗議軍隊任意侵犯省議會。

二十多年後，幾位來自台南的檢察官，突然搜索立法委員廖福本在會館的處所，理由是廖福本涉嫌窩藏假股票。由於檢察官搜索國會史無前例，而引發了朝野對國會自治權是否被侵犯的爭議。

大軍壓境省議會與檢察官搜索國會，雖然是兩回事，主客體也不同，但這兩件事都涉及到一個基本問題：議會是否受到不當侵犯？

二十多年前，國民黨的林洋港認爲林義雄等人的大軍壓境質詢「不倫不類」，但當時的黨外民主人士卻認爲議會已受侵犯。後來，國民黨的王金平等人認爲檢察官搜索行動已侵犯國會，但從黨外衍生而來的民進黨的行政院副院長、法務部長與立委，卻持相反看法。

國會雖享有國會自治權，但自治權卻分成國會秩序權與國會警察權兩種，前者是指對國會議員的紀律懲戒；後者則是指國家檢警權力，在未經國會同意時，不能進入國會進行搜索或扣押，亦不得進行巡邏或偵查等任務，否則，國會議長有權強制排除。

依據台灣現行憲法，立法院享有國會秩序權，應無疑義，但立法院組織法所賦予會議主席的「強制權」，卻僅限於在「會議進行」中，並未包括國會全部之範圍、人員與秩序，可見立法院享有的是半個國會警察權而已。

從憲法、立法院組織法與刑事訴訟法的規定來看，即使有大法官認爲刑訴法中所謂的「政府機關」是否包括國會在內，尚有爭議，但台南檢察官的搜索行動，卻被多數人認爲並未違憲或違法。

由於檢察官搜索國會史無前例，違憲或違法與否，可能必須要由大法官解釋來作最後判定。但這次搜索風波卻留下了三個疑問：

其一，省議會當年也無議會警察權，但黨外人士卻一致認爲大軍壓境是侵犯議會，何以後來的民進黨人士卻普遍認爲搜索並未侵犯國會？是因人、因事而異？或是此一時也彼一時也？

其二，檢察官搜索是行使強制處分的行政權，但當時的行政院長唐飛卻認爲搜索是司法權的範圍，檢察官的上級長官是司法院，行政院無權可管，這是他常識不足？或是惡意卸責？

其三，國會或國會議員的特權，就跟總統的刑事豁免權，或外交官豁免權一樣，都是因爲身分而被賦予，絕不能因爲擁有這些身分的人其中有少數個案，有犯罪之虞、犯罪前例或有犯罪事實，而就此剝奪他們的權利，更何況他們的特權是法所賦予，哪有「限期放棄」的道理？

廖福本被搜索，也許大快人心，但立法院爲了搞清楚國會自治權的範圍，應該馬上申請釋憲；在大法官未作解釋前，政治人物對搜索行動所引發的三個疑惑，卻必須要冷靜深思。二十多年前，大家從大軍壓境風波中，學習到更多的民主知識，搜索國會風波豈能讓大家毫無所獲就草草收場？

胡適講的兩個故事

四十一年前，胡適在《自由中國》寫過一篇很重要的文章〈容忍與自由〉，他在這篇文章中，講了兩個發人深省的故事。

第一個故事是：喀爾文（John Calvin）革新宗教，本來是因爲不滿羅馬舊教的種種不容忍與不自由。但不料新教勝利之後，竟然也不容許別人批評他們的新教條；喀爾文甚至以異端邪說的罪名，把一個批評他教條的學者活活燒死。

第二個故事是：在提倡白話文學運動之前，胡適曾從美國寫了一封信給陳獨秀，表示「此事（白話文運動）之是非，非一朝一夕所能定，亦非一二人所能定……決不敢以吾輩所主張爲必是而不容他人之匡正也。」但陳獨秀卻在《新青年》上寫文章答覆他說：「改良中國文學當以白話爲正宗之說，其是非甚明，必不容反對者有討論之餘地；必以吾輩所主張者爲絕對之是，而不容他人之匡正也。」

喀爾文因飽受舊教打壓，才起而爭取宗教自由；但等他自己掌控宗教大權後，他不但像舊教一樣的不容異己，更假借上帝之名殘殺異己。陳獨秀雖然力爭思想自由，但他卻視白話文運動爲絕對之是，不容反對者有討論餘地，也不容別人之匡正。

用今天的語言來說，舊教的教條與文言文，都是舊的政治正確；喀爾文與陳獨秀當時雖然都是政治不正確或反政治正確的代表性人物，但他們提倡的新教與白話文運動，最後卻也成了另一個新的政治正確，凡是反對他們的人都是異端、敵人，批評他們的意見也都是錯的，都是邪說。

講完故事，再看看現在。台灣政權變天後，好不容易讓人終於從蔣家父子與李登輝所代表的政治正確中獲得解放；但以反國民黨政治正確爲職志的新政權才成立沒多久，台灣內部卻隱隱約約已出現了新的政治正確。

因爲阿扁是台灣之子，李遠哲是台灣的良心，所以批扁是政治不正確，批李也是政治不正確；都是訴諸選舉恩怨，都是搞個人鬥爭。

雖然阿扁過去曾拒絕加入國統會，但現在別人拒絕加入跨黨派兩岸小組，卻被他們批評是敗選心有不甘，並且祇顧一黨之私。

民進黨在野之時，政府首長在國會備受羞辱，內閣法案也迭遭杯葛時，兩院之爭被視爲民主常態，國民黨要求朝野團結相忍爲國的呼籲，也被當成笑話。但當唐內閣被人奚落，國會的法案權也凌駕內閣之上，卻被看成是民主政治的危機，甚至還被誇大成同歸於盡的危兆。

然而，全世界有哪個政黨不爲一黨之私的？有哪門子的道理說別人非參加你成立的組織，否則就是心有不甘？有哪條規矩說國會議員不能考問閣揆有關閣員的名字？又有哪個閣揆備詢時還要帶個 baby sitter 在身邊而不被調侃的？如果民進黨還在野，他們對今天這些所謂的亂象，會作何感想？如何解讀？

難道他們會辯稱此一時也彼一時也？難道他們會相信國民黨代表的政治正確是「絕對之非」，民進黨代表的卻是「絕對之是」？這跟喀爾文與陳獨秀又有何異？

每個時代都有不同的政治正確，但新舊政治正確遞換得這麼快，新的政治正確又這麼快就自以爲代表「絕對之是」，再加上言論界這麼快就出現一批護衛新政治正確的勢力，坦白說實在很令人訝異，但這大概才是民主危機的癥兆吧！

講個故事給陳幸妤聽

有一位女性，她本來的姓名叫派翠西亞・安・雷根，但她在二十多歲時，卻把自己的姓名改成派蒂・戴維絲。她改姓名的理由，並不是爲了改運，而是要表達她的抗議，抗議她的父親當上總統後，她從此喪失了私生活。

派蒂的父親是美國前任總統雷根。她十四歲時，雷根當選加州州長，開票當天晚上，她打電話給她的父母，但在電話中她一句道賀的話也沒說，反而哭得歇斯底里，一再抱怨說「你們怎麼能這樣對我？」派蒂事後回憶說，她要過的是正常人的生活，但她知道從那一刻開始，她所有的夢都破碎了，她就像金魚缸裡的魚一樣，再也無所遁形。

雷根入主白宮後，派蒂的惡夢變得更可怕。祕情局的人像她的影子一樣，走到哪就跟到哪，連她跟男朋友約會吵架不歡而散，並且哭得唏哩嘩啦的場景，祕情局的人也在幾步之外，耳聽目睹得一清二楚。

派蒂不但常常對祕情局的人惡言相向，她更以許多具體的行動，讓自己變成了一個叛逆的第一女兒。雷根擁核，她反核；雷根反墮胎，她贊成墮胎；而且她嗑藥，性開放有如豪放女，反正祇要能跟她父親唱反調的，能讓她父親難堪的，她無一不做。

甚至在雷根下台後，派蒂對她父親的恨意仍然未消。她寫了好幾本書，大爆第一家庭不和的內幕，讓她的父母形象大損。直到雷根罹患老人癡呆症後這幾年，派蒂的叛逆女兒角色才丕然一變，她甚至還寫了一本書，寫她父親跟她之間點點滴滴的美好回憶。

派蒂大概是美國在戰後歷史上最叛逆的一位第一女兒。她痛恨父親當上總統後，第一家庭的其他成員都變成了人質；她也不適應「第一子女」的任何言行都被放大，都受到媒體的關注與大眾的好奇，並且都被人用不同的標準去解讀。甚至連她舉行婚禮時，飯店周圍的幾條街道都被警察重重包圍。

她抗議她的父母，因爲第一女兒這個身分，既不是她自己選擇的，更不是她所要的。她要過一般人的生活，但她要不到，所以她做盡了各式各樣的「壞事」。更可怕的是，她走火入魔到毫不保留的自曝家醜，「愈黑暗的地方，她愈要把燈打開。」她本來痛恨雷根讓她沒有私生活，但結果她卻讓第一家庭的私密盡曝於世人眼前。

但派蒂在前幾年寫了一篇非常感人的文章，描寫她對另一位第一女兒雀兒喜的印象。柯林頓當總統時，雀兒喜才十二歲，就職日當天，派蒂看著雀兒喜站在她父母身邊，閉著眼睛渾然不覺的融入歌聲之中，看到這幕畫面，派蒂心裡清楚，「她（雀兒喜）沒問題，她會過得比我好。」

事實上，雀兒喜確實是一位少見的第一女兒。在她高中畢業前，媒體很有默契的從不騷擾她，但等她上大學後，她選哪所大學，跟誰同宿舍，交哪個男朋友，他父親鬧緋聞案期間她做了什麼，媒體就像蒼蠅一樣不停繞著她轉，甚至連她被參議員麥肯糗她長得其醜無比，她都未曾在公私場合有過抱怨、厭煩或不耐，更不像派蒂一樣的走上極端。

雀兒喜在她父親就職典禮中閉上眼睛的那一幕，被派蒂形容爲「她在閉著的眼睛背後，發現了一處寧靜的所在。」這處所在以及它的價値，派蒂當年一直未曾發現。

故事說完了。兩個第一女兒，完全不一樣的故事；台灣的第一女兒陳幸好，到底該學派蒂或是雀兒喜？閉上眼睛想一想，答案應該很清楚。

讓政客喪膽的記者

西莫．赫許（Seymour Hersh），一個讓華府政客輕則頭痛、重則喪膽的名字，他是美國當代最知名的調查採訪記者，雖然早已超過花甲之年，但每隔一段時間，他都會寫書或寫文章驚爆內幕，他又在《紐約客》雜誌寫了一篇兩萬多字的長文，指控前波灣戰爭英雄麥卡菲將軍在停戰後濫殺伊拉克軍人的罪行。

許曾以「美萊村大屠殺」的調查採訪，揭發美軍在越戰時濫殺無辜民眾的罪行，而一舉成名。其後他寫的每一本書，包括描述季辛吉濫權的《權力的代價》（*The Price of Power*），揭發以色列祕密發展核武的《參孫的選擇》（*Samson's Option*）等書，都是驚爆內幕的暢銷書。

但赫許一九九七年寫的《卡美樂的陰暗面》（*The Dark Side of Camelot*）這本書，卻差點讓他的一世英名毀於一旦。在這本描寫甘迺迪總統與瑪麗蓮夢露、卡斯楚等人關係的書中，赫許所引用的檔案文件，雖然已被專家鑑定證明全屬僞造，但赫許卻仍以第一手的眞實史料視之；書出之後，各界群起攻之，並將此書與多年前亦屬僞書的《希特勒日記》等量齊觀。

赫許曾得過普立茲獎，三十多年來，一直被視爲調查採訪的標竿，他的英雄事蹟更早已成爲美國新聞界的傳奇。《卡美樂》一書，本來想揭發甘迺迪的陰暗面，沒想到卻反而暴露了他自己在專業上的陰暗面，讓他從雲端狠狠的跌落深淵。

但老記者不死，祇是沉潛，赫許這篇大爆波灣戰爭內幕的長文，又讓他重新站上舞台，受到全世界的矚目。但譽之所至，謗亦隨之，由於赫許犯有前科，再加上麥卡菲將軍的抵死否認，赫許勢必又將成爲爭議的焦點，歷史眞相說不定還要靠法庭來判斷眞僞。

美國新聞界像赫許一樣，擅寫調查採訪，擁有高知名度，出書保證洛陽紙貴，而且一定引起爭議的老記者，還有一個人叫伍華德（Bob Woodward）。他靠採訪水門醜聞一舉成名後，也是每出一書就是驚爆內幕的暢銷書，《面紗》（*Veil*）揭發凱西當局長時的中情局內幕，《議程》（*Agenda*）描寫柯林頓初入白宮的決策亂象，都備受肯定，但他二〇〇〇年出版的《陰影》（*Shadow*），卻讓他也像赫許一樣，被輿論批評得一塌糊塗。

伍華德與赫許雖然都是調查採訪的高手，兩個人也都擅長下笨功夫，每本書都要親訪數百位甚至上千位當事人後才完成，但伍華德一向匿名他的消息來源，赫許卻無一句引述不具名。伍華德的《陰影》，就是因爲全書處處皆是匿名引述，但他所寫的每個場景、每通電話、每場會議，卻又好像他都如臨現場，連當時的天氣變化、臉部神情、屋內擺設等細微末節之處，他都寫得活靈活現，難怪有人說他是 **Bullshit Journalism** 的開山祖師。

但赫許與伍華德不畏權勢的勇氣，揭發眞相鍥而不捨的決心與耐心，還原歷史的細緻拼圖方法，卻仍是調查採訪的典範；美國政客也因爲有像他們這樣的記者存在，無時無刻不提心吊膽。相對來看，台灣就是因爲沒有像赫許這樣的記者，再大的醜聞也不會被揭發，再複雜的歷史眞相也不會被還原，這是台灣記者愧不如人之處，令人汗顏。

一篇演講該負載多少期待？

《時代雜誌》曾在一九九八年評選二十世紀最偉大的演講，其中包括有：羅斯福總統一九三三年的就職演講，邱吉爾一九四〇年的國會演講，金恩一九六三年的華府廣場演講，以及甘迺迪一九六一年的就職演講等等。

任何一篇偉大的演講都一樣，其中一定有偉大的警句。「我們沒有什麼可怕的，只怕懼怕本身。」這是羅斯福就職演講中的警句。邱吉爾的是「我們將在海灘戰鬥，我們將在田野與街頭戰鬥……我們永不投降。」金恩的是「我有一個夢……」而甘迺迪那句「別問你的國家能爲你做什麼，問你能替你的國家做什麼。」更是膾炙人口的一句名言。

小甘在短短幾年總統任內，曾經留下許多名言，他在柏林圍牆前講的那句「我是柏林人」，到現在各國政治人物還在沿襲套用，連胡志強當外長時說的那句「我是馬其頓人」，也是學自小甘。

小甘的演講所以能佳句連篇，一則是因為他身邊有像小史勒辛格與索侖森這樣的名家寫手，替他捉刀寫講稿：另外他自己也有一流的文筆，他出過許多本書，其中《勇者的畫像》更得過普立茲文學獎。

但很少人知道，小甘那篇留傳千古的就職演講，寫作的過程並不是那麼辛苦，他在就職前夕躺在浴缸裡一面泡澡，一面抽著雪茄，優閒輕鬆的就完成講稿的最後潤飾。

相對來說，阿扁二〇〇〇年承擔的就職演講壓力，跟小甘當年眞是不可同日而語；北京領導人甚至還以和戰的關鍵，過度期待他這篇講稿，也難怪阿扁要拚命降低就職演講的重要性。

然而，許多偉大的就職演講，都是出自國家處於杌隉不安的關鍵時刻。林肯因為面臨南北內戰的關頭，所以他才在就職演講中寫下「一家一國自相分裂是站不住腳的」這句名言。羅斯福那句「只怕懼怕本身」，則是因為經濟大蕭條與二次大戰而來。邱吉爾、金恩與甘迺迪的演講，也是因為有德國侵略、人權運動與美蘇冷戰那樣的背景。

而阿扁面對的也是一個歷史性的關鍵時刻。台灣半世紀首次政黨輪替變天是其一，北京與華府睜大眼睛「聽其言觀其行」是其二，因此不論支持他或反對他的人，都不會以不痛不癢的官樣文章來看待他的就職演講，大家都期待能從其中看出一點端倪，聽到一些訊息，這種不可承受的過度期望，阿扁想不面對也難。

另外，一篇好的就職演講，通常一定是「莎士比亞與馬基維利」聯手合作的產物，它要有像藝術一樣的名言警句，但也不能太過度文勝於質，必須要有具體的政策行動宣示或跟進，羅斯福揭示的「新政」，甘迺迪發起的「和平團」，都是「灌進羊腸內的牛肉」，也都是阿扁可以學習的範例。

許多政治人物在寫歷史性的演講時，都會向替他捉刀的寫手提示說，把稿子寫得像林肯蓋茨堡演說那樣，或者像邱吉爾、像甘迺迪、像某某某那樣的味道，柯林頓首次就職演講就學甘迺迪學得唯妙唯肖。替阿扁寫講稿的那批年輕寫手，想當然爾也會找榜樣、找範本。

但就像一位詩人曾經在他寫的詩中，提出「一莖草能負載多少眞理？」這樣的疑問一樣，阿扁和他的幕僚大概也有「一篇演講該負載多少期待？」這樣的困惑吧！

李遠哲的最後邊界

歷任中研院院長中，李遠哲與胡適的際遇最為相像。

胡適的本行是哲學，李遠哲是化學，但別人卻把他們看成是無所不知的萬事通。胡適生前，祇要一開口談國事，不論他說的是內政或外交，一定是舉國矚目的大新聞，李遠哲也是如此。他們本來是專才型的「特殊的知識分子」，結果卻都成了通才型的「普遍的知識分子」。

他們雖然都是學術祭酒，但也都曾一度與總統這個職位擦肩而過。一九四八年三月國大選總統時，蔣介石託王世杰傳話給胡適，請胡適選總統，他自己願做行政院長。胡適當時認為老蔣此一決定是一個「很聰明、很偉大的見解」，「可以一新國內外的耳目」，他考慮一天後答應接受，但隔天卻又反悔，再加上國民黨內部也反對，蔣介石才順勢打消原意。

李遠哲選總統的故事，雖然不像胡適當年那麼富有戲劇性，差一點就弄假成眞，但跟他有關的官位傳聞，還包括已經成爲過去式的副總統，以及行政院長與兩岸談判特使等等。胡適一生除了當過中研院院長外，還做過駐美大使與北大校長，李遠哲將來的「官運」能否跟胡適媲美，甚至超越，大家都很好奇。

胡適那一輩的學者，雖然常自嘲是「治世之能臣，亂世之飯桶」，但事實上他們一直都在扮演「有權勢的知識分子」的角色，經常一言而動朝野。他們雖然不想當官，不願去當獻媚於權門的幫閒清客，但他們也不願獻媚於群眾，專唱「政治正確」的時髦調子，這也就是胡適所說的獨立精神。

但每一個社會的知識分子，都難免會受到「君主的策士」這種角色的誘惑，許多人對政治或對權力，最初也許都像雷蒙．阿宏（Raymond Aron）一樣，祇是一個入戲的觀眾，既處於歷史之外，又處於歷史之內，但最後卻還是忍不住跳上台去當專業的演員，不是變成葛蘭西（A.Gramsci）筆下的「有機的知識分子」，就是變成「有權勢的知識分子」，成爲「君主」的親信或策士，甚至自己也可能成了「君主」。

薩依德（E.W.Said）曾以「緩慢的政治」與「直接的政治」，來區分知識分子與政治之間的兩種關係。他批評有些知識分子不願意讓自己太政治化，害怕爭議，想要保持客觀中立的假相，甚至逃避明知是正確的、困難的、有原則的立場。

如果用薩依德的標準來看，李遠哲與其他知識分子對二〇〇〇年總統大選，顯然是棄「緩慢的政治」而取「直接的政治」，想要以他們的行動，以他們提出的道德性議題，來影響正在形成中的歷史過程。

然而，薩依德雖然反對「知識分子的逃避」，但他也同時主張知識分子的「業餘性」，認爲知識分子扮演的應該是質疑，而不是顧問的角色，他甚至批判知識分子「希望能被請教、諮詢，成爲有聲望的委員會的一員，以留在身負重任的主流之內」的心態，是一種莫此爲甚的腐化心態。

薩依德說的「業餘者」與「顧問」，跟阿宏說的「入戲的觀眾」與「君主的策士」，指的都是同樣的角色，台灣的政治情勢與政治文化，雖然不同於歐美，但李遠哲等人未來在採取介入政治的下一步行動之前，對這兩位學者所提出的知識分子角色的極限問題，以及胡適當年的故事，不妨都再仔細玩味思考一下，想一想他們的「最後邊界」應該在哪裡？

真相並不是最後的裁判

理論上，眞相應該是對錯是非的最後裁判者，但在政治這個領域中，這個理論卻不一定正確。

尼克森當年競選連任時，水門醜聞已經爆發，而且案情的發展也直指白宮幕僚有多人涉案，當時眞相雖尚未大白，但起碼已經到了半白的程度；但水門醜聞不但沒讓尼克森落選，他的得票數反而高得離譜。

柯林頓涉及的緋聞案，風風雨雨鬧了好幾年，最後先有史塔報告證實確有其事，接著眾議院又通過決議彈劾小柯，緋聞案眞相不但大白於天下，而且白到鉅細靡遺的地步。按理說，柯林頓的政治生命早就應該宣告結束才對，但事實卻正好相反，他的民調支持率始終居高不下，而且總統也越幹越起勁。

尼克森與柯林頓都是很能幹的總統，一個在國際外交舞台上呼風喚雨，讓美國民眾覺得與有榮焉；另一個讓美國的經濟幾年來一直維持榮景，老百姓受惠於心，證明他們的確是「有罪之人」，但尼克森照樣可以高票連任，柯林頓也不必辭職下台。

宋楚瑜的例子也是同一模式。從楊吉雄揭發興票案後，幾個月來，鬧得舉國沸騰，各種版本的調查，也眾說紛云，眞相不明，直到監察院調查報告公布後，好像已經找到了眞相，誰對誰錯，或者誰是誰非，應該都有答案才對，但現實的發展卻令人非常的錯愕。

五位監委寫的調查報告，洋洋灑灑數萬言，外加像蜘蛛網一樣複雜的圖表，也許讓人越看越糊塗，但這份報告最令人怵目驚心的兩項發現，卻都是非常明顯的事實，任何人一看就懂。例如，宋楚瑜這幾年擁有的個人「財產」，高達新台幣十一億七千多萬之多；例如，他在短短四年內曾經匯出新台幣近四億元到美國。

對監察院這兩項調查發現，宋楚瑜不但從頭到尾都沒有否認或反駁，更不可思議的是，他反而感謝監察院還他清白，證明他並未A過國家一毛錢。但他的未否認與他的感謝，卻無疑等於默認他確曾擁有那麼多財產，也確實曾匯出那麼多錢到美國。

既然默認監院報告的正確性，但回頭去看他過去幾年所說的那些話，包括他很窮，他要打一場平民對貴族的戰爭，他的所有財產都如實申報，他匯到美國的錢只有四百萬美金左右等等，豈不是都成了假話、謊話？一個要選總統的政治人物，說過那麼多假話、那麼大的謊話後，又怎麼會沒有表現出半點羞愧之意呢？

更離譜的是，不覺羞愧或不說抱歉也罷，一個政治人物在被人揭穿眞相後，怎麼還敢大言不慚地夸夸而談，說國家法令制度不對要改，又說別人比他問題更大等等，就好像犯罪的人辯稱，不是我要犯法，是制度不好才讓我犯法，這種反應，不僅令人哭笑不得，簡直讓人氣得一口鮮血都差點噴出。

但宋楚瑜所以敢在眞相被發掘後還施施然驕其選民，他的支持者所以始終視他爲「受害者」，而不是犯錯或犯法的人，也是因爲他很能幹，政績斐然使然，他可以因此而原諒自己，支持他的人也願意原諒他。

台灣政治領域中曾經發生過不計其數的醜聞或疑案，但這些案子通常到最後都成了眞相未明的無頭公案，涉案的政治人物也個個全身而退；好不容易有一件疑案找到了眞相，但結果呢？結果卻是沒有半點結果，「眞相無用論」，此之謂矣！

辯不辯，大有關係！

美國公共電視台知名的前任主播 Jim Lehrer，曾經寫過一本書名叫《最後的辯論》（*The Last Debate*）的小說，Lehrer 是一九九二年總統大選辯論的主持人，他的小說也是描寫一場總統辯論會的幕後故事，以及辯論會對美國政治與新聞的影響。

小說的故事大概是這樣的：共和黨候選人麥瑞迪斯與民主黨候選人葛林，同意舉辦一場（也是唯一一場）辯論會，他們的幕僚經過談判，像選陪審團一樣，好不容易選出了四位雙方都接受的記者擔任發問人。但在辯論會前夕，這四位有白人、黑人、女性、拉美裔不同背景的記者，卻在密商一項大陰謀。

他們的陰謀是來自於一項共識：民調遙遙領先的麥瑞迪斯，一向是仇視少數族群的極端分子，如果他當選總統，美國將陷於萬劫不復的分裂處境。再加上其中一位記者又提供了許多當事人的第一手證詞，證明麥瑞迪斯長期有對家人及幕僚動用暴力的前科，因此這四位本來祇該負責發問的記者，決定打破辯論會的遊戲規則，不但將辯論會變成公審大會，也將記者的角色棄之一邊，而改以人民的檢察官自居。

隔天辯論會一開始，四位記者果然將矛頭對準麥瑞迪斯，一個接一個根據證詞詰問他的施暴前科，最後逼得麥瑞迪斯原形畢露，不但脫口大罵髒話，甚至還把麥克風和講台都砸向記者。

由於辯論會是現場全國轉播，所有觀眾都親眼目睹了麥瑞迪斯的惡行與暴行，四位記者的脫軌演出事後雖然也受到各界的譴責，但本來大幅領先的麥瑞迪斯，卻在幾天後的投票中慘敗落選。

這場史無前例的辯論會，雖然改寫了選舉結果，但從此以後卻沒有政治人物再敢參加辯論會，總統辯論於是便成了絕響，書名《最後的辯論》也是因此而來。

Lehrer 的小說情節，雖然從未在眞實世界裡發生過，但事實上，每位候選人確實都有「麥瑞迪斯的恐懼」，每位擔任辯論會發問的記者，潛意識裡也都有脫軌演出的衝動，不願意祇扮演發問機器的角色。

但即使如此，總統大選辯論至今仍是西方（尤其是美國）的一項政治傳統，美國近幾年的總統辯論會甚至還回復到古典的城鎮會議模式，發問者並不侷限由記者擔任，而改以「電子城鎮會議」的方式，由現場民眾與外埠民眾以 Call-in 提問。

但美國的總統大選電視辯論歷史，從一九六〇年甘迺迪與尼克森一連舉辦四場辯論後，也曾經中斷了十二年之久，有三次總統大選未辦辯論，直到卡特與福特在一九七六年舉辦三場辯論後，才一直延續至今。而且也是從這次選舉開始，不但總統候選人會舉辦少則一場、多則三場的辯論會，連副總統候選人也另外舉辦辯論會。

一般來說，通常不願參加辯論的有三種人，一是吃過辯論虧的人，例如尼克森，二是現任者，三是民調領先者。一九九六年，李登輝就是以「不願上當」的理由，拒絕跟林洋港、陳履安與彭明敏同台辯論，但他拒絕辯論的決定，卻仍然讓他最後贏得半數以上選票的勝利。

根據學者的研究，辯論會通常有三個目的，一是贏取未表態選民的支持，二是強化鞏固死忠票，三是改變選民的最初支持傾向。但除非對手在辯論會發生重大失誤，否則第三種目的很難達成。而第二種目的，祇要自己表現得不太離譜，死忠票也應該不會流失才對。因此，辯論會的最大目的其實就是爲了爭取未表態選民的選票。

尤其在候選人差距不大的選舉中，辯論會的成敗更往往會變成選戰的轉捩點，甘迺迪當年能以些微的差距打敗尼克森，完全就是拜電視辯論會之賜，那些在投票前尚未表態的選民，幾乎完全被電視上的小甘所征服，尼克森雖然輸得很不甘心，但未表態選民在看過他在電視辯論中的表現後，才決定棄他而去，卻是不爭的事實。

台灣過去舉辦的多場電視辯論，一則因為候選人之間的差距太大，辯論會的勝敗，無關選局變化，例如九六年的總統大選，陳履安的辯論表現不差，但仍慘敗，李登輝拒絕辯論仍然大勝。再則因為候選人都採取保守的辯論策略，以鞏固死忠票為主要目標，不敢放膽辯論，也未形成激辯的火花，辯論結果並未改變選民對候選人的既定印象。

但台灣二〇〇〇年總統大選，三位主要參選人的差距，平均祇有五個百分點左右；再加上各種民調都顯示，尚未表態的選民也高達三成左右，因此辯論會很可能會成為影響選局的最大關鍵。如果有哪位候選人學李登輝拒絕辯論，或者有哪位候選人像尼克森一樣，在電視上表現得左支右絀，一場辯論會下來，勝負很可能會出現大逆轉。

「你相信的到底是誰？是我？還是你的眼睛？」這句話雖然道盡了候選人對電視辯論的兩難心情，但經過幾個月彼此隔空大吐口水的戰爭後，選民，尤其是高達三成未表態的選民，有權利要求每一位總統參選人面對面、頭碰頭的在電視上撞擊出一些火花，口水會模糊他們的眼睛，但火花卻會照亮他們的眼睛。更重要的是，台灣在還沒有出現一場總統級的「最初的辯論」前，候選人實在不必有《最後的辯論》那本小說中的恐懼。

搞情報怎麼可能沒有祕密？

在戒嚴時期，台灣的情治單位，不論是國安局、情報局、調查局或警總，都是神祕的禁地，他們雖然拿的是納稅人的錢，但納稅人卻從來不知道他們在做什麼，甚至連情治首長的姓名、資歷與照片，都被列爲國家機密，即使是資深的新聞記者，也很可能終其一生都沒見過他們的廬山眞面目。

但現在的情治首長，卻經常在媒體上曝光，媒體也三不五時就大爆情治單位的內幕，而且不必擔心會被抓去問話，甚至被扣上坐牢的罪名。一向被視爲情治龍頭的國安局局長，最近更史無前例地主動到大學校園演講、招生，並且跟記者餐敘聯誼，作風確實比過去要開明很多。

但情治首長個人在形式上的開明，卻不一定就代表情治單位在體制上或體質上也變得開明；情治首長嘴巴講透明化，也不代表情治工作就眞的做到透明化。胡佛當聯邦調查局局長時，也是滿嘴的民主、人權，但聯調局做的事，卻全是反民主、反人權那些見不得人的勾當。

而且，全世界沒有任何一個國家，敢自誇他們的情治工作都是「透明化進行」，更沒有一個情治首長敢像殷宗文一樣說「國安局沒有任何祕密」。搞情報卻沒有祕密，這種話連三歲小孩也不會相信，立法院每年審查國安局預算時，處處都可以發現不可告人的祕密，就是最好的反證。

情治單位都有自我擴權的天性，民主國家只能靠國會與媒體的雙重監督，適度的去壓抑情治單位這種劣根性。但台灣的立法院到現在還沒有情報委員會的組織，媒體偶爾發揮一點監督力量，也常常因爲情治單位的一句否認，就立刻土崩瓦解。以選擇偵防爲例，情治單位每逢選舉就鎖定特定的個人或團體進行偵防調查，這是眾所皆知的事實，叫情治單位不搞選舉偵防，就像叫猴子不爬樹一樣，是不可能的事，但殷宗文等情治首長卻斬釘截鐵的一口否認，宣稱沒有任何類似的專案或偵防動作，好像情治單位在一夜之間就完全洗心革面一樣。

但否認並不代表眞相，尤其是來自軍情單位的否認，反而常常是尋找眞相的另一個線索，新聞記者如果因爲情治首長堅決否認，就眞的相信情治單位在年底選舉中「沒有祕密」、「沒有專案」、「不做偵防」、「只限安全因素」，以及做的都是「世界上任何一個國家都做的事」，那也未免太天眞無邪了一點。情治單位可能要天天祈禱，不要被人再挖出什麼內幕，否則，否認一旦成了說謊，將來保證吃不了兜著走！

挽救美國民主的三十分鐘

一九五四年三月九日是美國電視史一個特別值得紀念的日子，當天晚上由CBS當家主播莫洛（Ed Murrow）主持的「現在就看」新聞節目，向腥風血雨席捲美國長達四年的麥卡錫主義，正式開了第一槍，揭開了美國媒體向「右翼反共產恐怖主義」宣戰的序幕。莫洛的這集節目，雖然只有短短三十分鐘，但卻被譽為「美國電視史上最重要的一部紀錄片」，也有人說「莫洛在三十分鐘內挽救了美國民主。」

在莫洛之前，美國的主流媒體幾乎都是麥卡錫的傳聲筒。從一九五〇到一九五四年，沒有媒體敢跟麥卡錫唱反調，他對許多人的指控雖然毫無證據，但記者卻有聞必錄，媒體也不敢不登。連莫洛自己也一度向麥卡錫主義俯首稱臣，答應填寫與共產黨無涉的忠誠資料，並且接受聯邦調查局對節目的事前檢查。

但他在隱忍了四年後，卻在「美國民主危矣」、「美國媒體危矣」的強烈危機感的驅迫下，終於決定向他眼中的「另一個希特勒」開戰。他把麥卡錫歷年來的新聞影片，剪輯成一部紀錄片，用麥卡錫自己來證明他是如何的恐怖可怕，莫洛在節目最後並講了一段發人深省的話：「麥卡錫能成功，是因爲美國民眾幫助他使然。」他引莎士比亞的話指出「錯誤全在我們自己。」

節目播出後，來自全美各地的電話與電報紛紛湧進CBS，莫洛走在街上，路人向他敬禮致敬，他上餐廳，大家鼓掌歡迎他，連艾森豪總統也公開肯定他「幹得好」，國會也在不久後決議譴責麥卡錫。

麥卡錫的垮台，雖然是咎由自取，但莫洛卻絕對是駱駝背上的最後一根稻草。在麥卡錫橫行的那四年，白宮不敢惹他，國會成了他的私人刑場，如果沒有CBS，沒有莫洛，麥卡錫可能還會繼續作惡幾年，美國的民主勢必會被他摧殘得更不敢想像，但因爲有媒體的登高一呼，美國才能及早從「黑暗的中古時期」解放出來。

台灣現在的政治偵防，雖然跟麥卡錫主義不能相比，但台灣有些媒體竟然甘願成爲政治偵防的傳聲筒，卻與五〇年代的美國媒體十分相像。這些媒體或因爲擁李，所以替政治偵防辯護；或因爲反統，而認爲政治偵防有理，並批判那些被列管偵防的統派人士，活該倒楣；甚至連「不做壞事，何懼偵防」這種沒常識的歪理，也敢朗朗上口。

台灣過去的政治偵防，主要是防獨，現在則是防統，未來會防什麼，沒人知道。麥卡錫主義當年是爲了防共，但最後卻亂防一通，弄到人人自危。莫洛就是有見於在麥卡錫旋風下「沒有任何人是安全的」，才決定挺身而出，來阻止麥卡錫這隻「反民主怪物」的坐大，這跟他自己的意識形態或政治立場，完全沒有任何關聯。

現在反對政治偵防的人，好像都是反李派或統派，即使不是，也會被有些媒體扣上這兩頂帽子，但如果媒體也像政客一樣，掉進意識形態的泥淖中不可自拔，連最簡單的民主ABC都搞不清楚，甚至還認爲過去防獨有罪，現在防統有理的話，這樣的媒體，還能稱之爲媒體？還能被寄予什麼期望？

哪來那麼多「高層人士」？

美國知名的《新共和雜誌》，創刊迄今已八十四年，它的銷路雖然遠不及《時代》與《新聞周刊》，卻被公認是全美最具影響力的一份「意見雜誌」。但這幾年，由於《新共和》的領導階層變動頻繁，言論品質已大受影響，最近又因爲爆發記者製造新聞的醜聞，聲譽更一落千丈。

史蒂芬．格拉斯雖然只有二十五歲，但他在《新共和》卻已做到副主編的位子，前途不可限量。但他因爲寫了一篇有關「駭客天堂」的報導，內容「好得不像是眞的」，而被人懷疑可能有假。經過《新共和》總編輯的親自調查，最後果然證明格拉斯的那篇報導，從頭到尾沒有一個字是眞的，《新共和》一怒之下將格拉斯開除，並在雜誌上公開揭發此事。這是美國新聞界自一九八一年發生「庫克醜聞」後，另一樁震撼全美的媒體醜聞。

珍奈．庫克是一位黑人女性記者，當年她在《華盛頓郵報》時，也跟格拉斯一樣，被人視爲是明日之星。她在一九八〇年撰寫的一篇〈吉米的故事〉報導，描寫一位年僅八歲的黑人男孩，因爲家庭不幸而吸食海洛因，故事感人肺腑，不但引起全美讀者的熱烈迴響，更讓庫克拿到了一座普立茲新聞獎。

但庫克的這篇報導，也因爲「好得不像是眞的」，而被《郵報》同仁檢舉，當時的總編輯布萊德利下令調查後，發現根本沒有吉米這位小男孩的存在，有關他的不幸故事，也完全是庫克虛構出來的情節。《郵報》最後強迫庫克辭職，退回普立茲獎，並且用了四整頁的報紙篇幅，刊登《郵報》調查此事始末的報告。

《郵報》後來更把庫克所寫的每一篇報導，都加以徹底調查，但除了〈吉米的故事〉之外，並沒有再發現其他造假的新聞。但《新共和》援《郵報》之例，也對格拉斯全面調查後，卻發現他在雜誌上所寫的四十一篇報導，至少有三分之二以上都涉嫌造假。連甘迺迪兒子辦的《喬治雜誌》，也因爲曾刊登格拉斯寫過的兩篇造假報導，而受到波及，小甘並在雜誌上寫公開信道歉。

格拉斯的造假手段，包括虛構消息來源與情節，他在報導中所引述的「一位司法部資深幕僚」、「一位要求不具名的白宮實習生」、「一位電視新聞製作人」、「三位抽駱駝牌淡菸，並啜飲馬丁尼的二十歲左右的年輕人」等這類匿名對象，都是他瞎掰出來的子虛烏有人物，而且格拉斯還造假新聞稿、假組織、假活動，連地名和旅館名字，他也敢膽大妄為造假。

台灣媒體上也充塞著類似「總統府高層人士」、「國民黨中央高層人士」、「李總統的一位友人」、「宋楚瑜的一位親信幕僚」、「行政院高層官員」等這類匿名新聞來源與匿名引述，其中眞眞假假，只有執筆的記者心知肚明，但太過氾濫的匿名引述如果不加節制，遲早有人會以庫克或格拉斯的結局收場。

新聞的真理從道聽塗説開始

因爲揭發柯林頓與白宮實習生緋聞的網路八卦記者「抓雞」（Matt Drudge），現在不但已是家喻戶曉的網路名流，最近更被美國主流媒體的權力象徵「國家記者俱樂部」，以貴賓之禮邀請，擔任著名的「午餐演講」的演講人。

「國家記者俱樂部」成立至今已有九十年歷史，會員盡是美國各主流媒體的菁英，一向被視爲新聞記者的「聖堂」，入會條件十分嚴格，黑人記者到一九五五年才准入會，女性記者更遲至一九七一年，才打入這個被男性把持了六十多年的俱樂部。

俱樂部最著名的「午餐演講」，自一九三二年開始以後，每年平均有七十位貴賓應邀擔任演講人，其中絕大多數都是國內外的政治領袖或社會名流，從來沒有邀請過像「抓雞」這樣一位「不入流的小人物」。

當俱樂部現任總裁哈柏瑞克特決定邀請「抓雞」後，許多會員強烈反對，但哈柏瑞克特卻堅持不改初衷，他的理由是：「我的小孩知道『抓雞』是誰，但他們卻不知道布洛德（David Broder，《華盛頓郵報》知名專欄作家）或海倫．湯瑪絲（Helen Thomas，白宮最資深的美聯社記者）是何許人。」

事實上，「抓雞」在半年前還是一個在7-Eleven上夜班的小店員，他的「抓雞報導」網站，每天也只有十幾個人偶爾光顧一下。但自從他「獨家」報導《新聞周刊》即將報導一則柯林頓與白宮實習生陸文斯基的緋聞新聞後，他的網路生意卻一路大發，現在每天最多有一百萬人上站瀏覽，讀者人數之多，幾乎與《紐約時報》不相上下。「抓雞」的影響力，尤其是對網路世代的讀者，比任何一家大報的總編輯，更有過之而無不及。這也是哈柏瑞克特堅持邀請他的理由。

雖然事前有人反對，但到場聆聽「抓雞」演講的會員，卻高達兩百多人，他們坐在台下像聽國家元首演講一樣，聽「抓雞」以「網路：人民的媒體」爲題，大談特談「每個人都是記者」、「民眾現在需要的是未經編輯的、沒有中間媒介的、沒有老大哥的資訊」等新聞大道理。有人在發問時故意修理他，批評他的新聞都是「揑造的謊言」或「未經查證的謠言」，但「抓雞」卻反問這些自居主流的記者：「我說謊多，還是美國總統說謊多？」他更舉CNN、NBC、《華爾街日報》先後被告，以及知名的《新共和》雜誌記者被人揭發揑造新聞，來證明主流媒體比他犯的錯誤還更多。他最後還送了兩句名言給那些在場的媒體菁英：「所有的眞理都是從道聽塗說開始」、「許多大新聞都來自八卦謠言。」

「抓雞」現在已徹底顚覆了美國媒體的傳統專業標準，台灣的「抓雞」雖然還未誕生，但這一刻相信已爲時不遠，只是不知道他是不是能有美國「抓雞」那樣的幸運。

報人不可以參選

美國《邁阿密前鋒報》的發行人大衛．勞倫斯，曾突發奇想，想競選佛羅里達州州長；但有天早上他打開自己的報紙，卻赫然看到《前鋒報》的王牌專欄作家卡爾．亥森在一篇專欄中質問他：「大衛，難道你完全喪失了理智嗎？」

《邁阿密前鋒報》是佛羅里達的第一大報，十年前，《前鋒報》因為揭發民主黨總統候選人蓋瑞．哈特的緋聞，並迫使他退選，而躋身全美「質報」之一，但這次卻因為報老闆想要參選，讓《前鋒報》一度蒙上了污點。

在美國新聞史上，過去並不乏報老闆參選的前例，報業鉅子赫斯特在一九〇四年曾參選總統失敗；哈定在一九二〇年當選總統前，也曾是俄亥俄州一家報紙的老闆；《休士頓郵報》總裁威廉．哈比，從一九七三到一九九一年，更曾經同時「兼任」德州副州長長達十幾年。

但報人參選畢竟不是常態，而且也有違背專業之嫌，許多報老闆雖然充滿了政治野心和抱負，但卻不願投身選舉，就是擔心自己的報紙會成爲選舉的受害者，甚至是犧牲品。《前鋒報》的記者這次也是以這個理由，來質疑他們的老闆。

勞倫斯最後雖然從善如流，答應不選州長，維持了他的報人風範，但更重要的是，《前鋒報》處理這場風波，也表現出美國報紙言論獨立的優良傳統。

亥森在他的專欄中，除了質疑他的老闆喪失理智外，更用了「精神錯亂的發行人」這樣惡毒的字眼，來稱呼勞倫斯，批評他「污染了我們的信譽」，並認爲讀者會因此而把《前鋒報》的記者，從此視爲「報老闆的御用打手」。《前鋒報》的總編輯也直言，「讀者會質疑我們的選舉新聞，是不是受到了老闆政治野心的影響？」

勞倫斯只不過是想要參選，就引來報社員工的群起攻之，而且遣辭用字之無禮惡劣，更到了極點，但勞倫斯不但不以爲忤，沒有把這些無禮的員工炒魷魚，並且還立刻發表聲明認錯棄選，同時更表態從此不介入有關州長選舉的編採言論決策，就憑這一點，不但勞倫斯對報人這個頭銜當之無愧，《前鋒報》員工的「壯舉」，也足可留名新聞史。

反觀台灣，不但有電視台的老闆要選立委，也有電台的老闆公開替「全黨候選人」當「競選總經理」，這些媒體老闆不但沒有勞倫斯的自覺反省，這些媒體的員工也沒有《前鋒報》員工那樣的勇敢——既然老闆說不會也沒有影響新聞專業，誰又敢挑戰說會？

賴國洲是阿扁的試金石

賴國洲一定很忿忿不平，他岳父當總統十二年期間，不管他做什麼，別人都帶著有色眼鏡看他；他雖然對政治很有興趣，但他的駙馬爺身分，卻讓他從政之路處處受阻，最多祇能當個黨官。現在好不容易終於等到他岳父下台，但阿扁政府可能請他當台視董事長的傳言，卻又讓他被人罵得滿頭包。

但阿扁想提拔前朝駙馬的傳言如果屬實，不但賴國洲會被質疑，阿扁也會被人批評。不管他是對李登輝感恩，或是對擁李勢力示好，講句難聽的話，其實都是權謀作祟，一定會讓許多擁扁人士失望，阿扁改革官營（股）媒體的誠意也會大打折扣。

一個無庸諱言的事實是，新政府跟舊政府一樣，其實都在扮演官營（股）媒體的幕後黑手，台視、華視與中央電台的高層人事，過去是由總統府最後拍板定案，這次當然也不例外。而且爲了急於兌現改革媒體的諾言，新政府核心人士這次介入的程度，事實上比舊政府還要深。

從新政府的布局來看，很明顯他們採取的是階段改革論，先延攬一批夙有專業口碑的人士進佔各個據點，希望透過不斷的階段性量變，最後達到質變的目標，就像替金魚缸換水一樣，必須很有耐心的一瓢一勺的換水。

比方說，華視因爲一向是軍系的地盤，如果阿扁政府一下子把軍系人馬統統拔除，軍系勢力一定會大反彈，後果堪慮。基於階段改革的考慮，最後新政府屬意的專業人士，祇取得三分之一的董事席次，並且在經營階層祇當個副總經理，都處處可見新政府確實是用心良苦。

但台視卻跟華視完全不同。華視有軍系勢力，新政府也許不能不暫時妥協；但台視沒有這個包袱，新政府的改革意志可以從上到下貫徹到底，除了找來一位媒體專業的總經理外，連董事長、董監事，事實上都可以一氣呵成統統換掉。

而且，如果新政府眞的有心改革官營媒體，他們大可以把台視當成一個改革的樣板，讓台視新的領導階層，沒有一個人的身上沾有酬庸的色彩，也沒有一個人是權謀妥協下的產物。更重要的是，台視的改革根本不必經過階段改革，就可以一次革命成功，阿扁政府如果連這樣的大好革命機會都要放棄，非要找前朝駙馬當董事長不可，而放著一大堆比賴國洲更具專業的人士棄而不用，這不但令人扼腕痛心，也讓那些已經進佔各媒體據點的專業人士情何以堪。

阿扁是少數執政的總統，他必須做出許多妥協，大家都可以理解，但妥協必須要有個界線，逾越了這個界線就不再是妥協，而是自失立場，甚至是自我背叛。阿扁也許可以用資政或國策顧問來酬庸民主人權鬥士，但續聘王昇當顧問卻讓人不敢領教；他可以高呼中華民國萬歲的口號，但喊三民主義萬歲卻大可不必；他可以在華視人事上跟軍方妥協，但找賴國洲到台視卻顯然是不必妥協而自我妥協。

阿扁說他要當百分之百的總統，大家都不會懷疑，其實他偶爾當個百分之四十，甚至是百分之六十的總統，大家也可以體會他的苦心。但阿扁請誰當台視董事長，需要的是決心，並不是苦心，如果他眞的找賴國洲，就證實他果然衹是一個百分之六十的總統，呂秀蓮的話不幸成眞。

賴國洲是阿扁改革官營媒體的試金石，希望傳言衹是謠言，而不是早熟的事實。

編者後記

楊　照

《我不愛凱撒》收錄了王健壯自二〇〇〇年兩年來重要的專欄文章。這些文章的寫作動機，或許受到時事新聞的刺激，然而其背後關注的價值意念，卻驚人地一致。總是堅持著記者的專業本位本色，提供一種台灣少見的原理原則性推論過程。王健壯始終追問的大問題是：依照怎樣的標準，我們評判展現在我們眼前的政治萬花現象？在令人耳聾目盲的眾多表演、裝飾甚至欺瞞中，我們能夠擁有怎樣的武器，撥開淺層的炫惑，揭露出核心的操控機制來？

王健壯憑藉的武器，是歷史，是事件的比對，是認眞推衍的邏輯，是清晰透徹的基本政治規範理念。不論是他終極的新聞關懷，或他批判現實的獨特手法，都很難在單篇零亂專欄文章中充分展現，祇有各篇集合成群成團時，才能彰顯出明確的意義。

所以會有這本書的編集作業。雖然作者再三猶豫、再三質疑將這些散篇文章匯集成冊的必要，我深信任何一個讀者在任何場合、其他脈絡情況下零散讀到書中任何單篇文章，與他連貫從頭到尾讀完《我不愛凱撒》，感受必然有極大的不同。

在中文裡同樣都稱「新聞」，西方老派傳統中至少可以分成 news、reportage、journalism 三個不一樣的層次。news 祇傳遞人事時地如何爲何等基本訊息，reportage 講究深度講究議題整合，而最高層次的 journalism 卻是追求價值評斷的場域。《新新聞周報》的英文名稱是 The Journalist，自設的定位裡已經隱含了必須提供 Journalism 層次知識的嚴肅義務。編集《我不愛凱撒》因而也是我自認在《新新聞》立場上，提供台灣更多 journalism 建構資源的本分責任。

《我不愛凱撒》共分三輯。第一輯陳述看待政治的基本原則；第二輯直接刺破政治人物的面具看到他們的私心運作；第三輯壓陣的則是關於新聞如何介入社會的具體案件的說明。三輯連環一貫，首尾相啣，構成一個燭照二十一世紀台灣政治前景的具體光源。

「再多的黑暗，無法熄滅最小的燭光。」這正是新聞這個專業之所以存在、之所以延續，最底層的信念。黑暗在哪裡，我們就把燭火移到那裡去。

INK PUBLISHING Canon 11

我不愛凱撒

作　　者　王健壯
總 編 輯　初安民
責任編輯　施淑清
美術編輯　許秋山
校　　對　施淑清　王健壯

發 行 人　張書銘
出　　版　**INK** 印刻出版有限公司
台北縣中和市中正路 800 號 13 樓之 3
電話：02-22281626
傳真：02-22281598
e-mail:ink.book@msa.hinet.net
法律顧問　林春金律師

總 代 理　成陽出版股份有限公司
業務部／訂書電話：02-22256562　訂書傳真：02-22258783
訂書地址：台北縣中和市中正路 800 號 11 樓之 2
e-mail：rspubl@sudu.cc
網址：舒讀網 http://www.sudu.cc
物流部／電話：03-3589000　傳真：03-3581688
退書地址：桃園市春日路 1490 號
郵政劃撥　19000691 成陽出版股份有限公司
門市地址　106 台北市新生南路三段 96-4 號 1 樓
門市電話　02-23631407
印　　刷　海王印刷事業股份有限公司

出版日期　2006 年 2 月 初版
ISBN 986-7108-20-5
定價　280 元

國家圖書館出版品預行編目資料

我不愛凱撒／王健壯 著.
--初版，--臺北縣中和市：INK 印刻，
2006〔民 95〕面；　公分--（Canon;11）

ISBN 986-7108-20-5（平裝）

573.07　　　95000055

INK